死神教父

張寶華

序

《死神教父》是由一連串的問號組成。

對宗教的，對命運的，對愛情的。

整個寫作過程是一次深刻的反思，有些問題我找到了答案，有些卻不。最後的結論，你可能不同意，但沒緊要，因為每個人的想法本來就不應該一樣。這證明了我們的思想都是獨立的，是無拘束的。

創作這本小說要多謝兩個朋友，游乃海先生和杜祈知先生，是他們不斷催促我寫，特別提醒我：我們想看的是張寶華的想法。

張寶華的想法。

對！一切就由是最熟悉的自己開始。

還要特別鳴謝 Mr Adam Au。Adam 是律師，但我認為他應該做編劇，他的腦袋是一個奇幻世界，每次在我大腦閉塞的時候，他都給我最大支持，兩下手勢替我打通任篤二脈，《死神教父》順利完成，他功勞最大。

當然還有我父母，特別是我媽媽。

這一輩子影響我最深的人就是我老媽，我對宗教，命運好多看法都啟蒙自她，但人長大了，有過不同的經歷後，我的看法或多或少就改變了。

如果大家看完《死神教父》之後，不單單只當一個故事來看，而是有所思索，那就是我最大的成功了。

張寶華

目錄

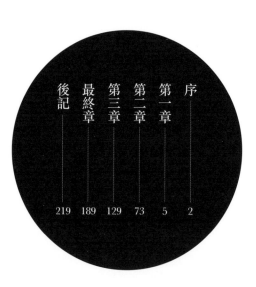

第一章

唐智傑一個人躺在球場，看着天空，心裏又是怒又是悲，從出世到現在，他總覺得上天對他從來未公平過，人家輕而易舉做到的事，他卻不能。唐智傑父母都是虔誠基督徒，他從小就洗禮，每個星期日都返教會，每晚睡覺前，他都必定祈禱。要做的，他都做了，算是一個虔誠基督徒吧。可是他向神祈求的，卻從來未實現過。

「只是一個很卑微的要求！就只是很卑微的要求！」他心裏發出一股怒吼聲，眼淚從眼眶裏流出來，滿腹都是委屈。

唐智傑的左邊臉有一塊藍藍綠綠的瘀傷，是昨天跟同學打架的結果。唐智傑不是一個喜歡動手動腳的人，他個子小，喜歡讀書，平日的他很安靜，只有傷口被觸痛時，他就會變成另一個人。他會用「暴力」回應別人，用拳頭去遮蔽他的殘缺，即使明知不夠打，但「士可殺，不可辱。」唐智傑是一個有傲氣的人，即使他身體有缺陷。

唐智傑剛轉校，來到這間寄宿中學。學校在赤柱，是一個環境很不錯的學校。學校是基督教的，嚴禁學生玩碟仙、銀仙、筆仙之類玩意，這些甚麼仙都是鬼神之説，真的鬼神當然請不到，只是一班小孩自己在胡説一番，吹噓一番。碟仙的玩法是在晚上正十二時，點一支白色蠟燭、香三根，每個參與者都要放一隻中指在碟上，通過心裏默唸「碟仙快來」，碟子就會動起來，然後碟仙會通過碟子的轉動，回答人們所提出的問題。

那個晚上，唐智傑的一班同學説要請碟仙上來，其中一個「倡議者」叫林岳峰，他是出名的搗蛋鬼，書讀得不好，但個子卻是全班最高、最百厭，他最針對唐智傑，不單單是因為他是新來的，也是因為一個身體有缺陷的人的成績比他還要好，這個最令林岳峰受不了，他認為輸給甚麼人都可以，但輸給一個啞巴，是奇恥大辱！

「今晚我們請碟仙，所有人都要聽。」林岳峰發號施令。

當中有人擔心，「上個月有人被捉到在宿舍玩碟仙，被鞭了屁股兩下……我們不怕嗎？」

「怕甚麼！男人老狗，我天不怕地不怕。」林岳峰死盯着唐智傑，「你都要來，不要企圖向老師打小報告。」

唐智傑其實也很好奇，這類玩意，聽是聽過，但從來沒玩過。雖然基督教是嚴禁裝神弄鬼，但好奇心壓倒一切，而且唐智傑知道林岳峰是不能拒絕的。

那個晚上，六個小孩逼在一個細小房間的角落，點好了白蠟燭和香，林岳峰壓低聲音：大家一起心唸「碟仙快來，把它請出來。」六個小孩此刻心情既緊張又怕，過去聽過不少關於碟仙的故事，都好邪門，又怕又好奇，又怕不參加以後被林岳峰針對，大家都全神貫注在這個小碟上。

不知是真的請來了鬼，還是有人在推，小碟微動了一下。林岳峰眼發光，「我先問，我先問」，他說：「我給李芯的信，她讀了沒有？」

這個時候，華特先生來了。他是副校長，也是宿舍總監。

「你們在幹甚麼？」

華特先生把房燈開了，大家嚇到一齊縮手。

「你們不知道我已經禁止你們玩這愚蠢的遊戲嗎？」

他看着眼前這幾個小孩，看看林岳峰和唐智傑。

唐智傑的心都快跳出來了，他知道接下來要發生的事，心裏怕得要命，但害怕中又帶一絲喜悅。他沒有被罰過，當然沒有人想被罰，但若被罰過，以後大家同學之間就有話題了，好似一起經歷了一次「生死」，以後大家就是生死兄弟！

「到我書房來！」華特先生轉過身，其他人跟在後面。

林岳峰細聲跟唐智傑說：「我們有得受了。」

華特先生看着林岳峰：趴下。

唐智傑看着眼前的每個人都被鞭了兩下，每抽一下鞭，每個人都抖了幾下，又是痛又是怕，眼淚都滾下來了。

打了五個人，唐智傑走上前去，華特先生看了他一下。「我不打你，你才剛來……」，他打量了一下唐智傑，「你們都回去吧，以後不要再淘氣了。」

林岳峰一邊走，一邊拭眼淚，他的臉通紅，「他沒挨打，因為他是啞巴！」他憤怒地說。

唐智傑靜靜地站在那兒，臉更紅，覺得每個人看他的眼光都帶着鄙視。

「你真好，大家一齊玩，只有你不用負風險！」林岳峰向唐智傑怒吼。

唐智傑用手語回應：「又不是我自願同你玩，是你逼我的。」林岳峰看不懂手語，也氣壞了，剛才華特先生的兩鞭太痛了，他怒不可遏，一拳打向唐智傑。「死啞巴！」

唐智傑的臉傷就是這樣得來的。

唐智傑跟林岳峰因為這次被罰而決裂，本來林岳峰就不喜歡唐智傑，這次之後林岳峰毫不留情折磨唐智傑，雖然唐智傑也想離他遠一點，但學校實在太小，要避而不見根本不可能。唐智傑也想過跟林岳峰交好，他試過送小禮物給林岳峰，但禮物收了，林岳峰對他依然一樣。既然示好不成，只有拳頭相向，這個也是唐智傑開始用暴力的原因，雖然他仍然不夠打，但沒辦法，他沒其他出路。所以唐智傑的臉經常瘀了一片，時大時小。

打架對唐智傑來說是不智的，因為他根本不夠林岳峰一班人打，但他會用鄙視眼光來攻擊這些「四肢發達，腦大生草」的敵人，偶爾他還會寫幾句絕核的文字來

「串」林岳峰等人。

愛讀書是唐智傑從小的習慣，他唯一的成就感和優越感是來自知識，除了不能說話之外，唐智傑的腦袋挺靈活，有時他無意流露了對愚蠢同學的鄙視，當他發現他那鄙視的眼神或者他似有心與無心之間，一兩句諷刺的文字，會令一些人，主要是曾經侮辱過他的人非常不快時，他就知道原來這個比揮拳更有力。但他卻不知道自己的毒辣字句有幾厲害，句句中要害，他起初覺得是好玩，可以為自己爭口氣，但卻沒有意識到原來很傷人，所以當那些被他擊中要害的人，包括林岳峰更討厭他時，他又覺得好生氣。

這個針鋒相對的局面當然不是唐智傑希望的，他一直希望像普通人一樣跟林岳峰等人和平相處。他打從心裏希望能受到同學歡迎，坦白說，誰會希望被排擠？雖然他讀書比很多同學好，而且用毒辣字句譏諷其他人的能力也強，但他寧願跟班裏最平庸但「正正常常」的同學對換。

再過一個月，就是一年一度的校際時事問答比賽，這個是學界的盛事。學校會選哪三個同學代表學校參加比賽，成為了同學們討論的話題。唐智傑很渴望可以被選中，以他的學問，如果不是天生啞巴，被選中參賽應該是沒有懸念的，但他的缺陷，令這個渴望離他遠遠。

雖然心裏很清楚他是不會被選中的，但希望參選這個強烈的渴望令唐智傑這個晚上輾轉不能入睡，他有一個習慣，每次心情煩躁的時候，他都會一個人跑去學校的泳池游水，水世界寧靜，沒有人會打擾他，他可以游個筋疲力盡，當身體疲憊不堪時，他那顆受傷了的心才能安靜下來。他跳入泳池，拼命的向前游，一直游，游完一個塘又一個塘，他把他的憤怒、難過都化成力量，一直到沒氣力為止。

這時候已經是夜深，學校的學生應該都已經熟睡了，唐智傑卻彷彿看到一個人影在泳池邊，那個黑影好像蹲着在看着他，他突然覺得毛骨悚然，「不可能在這個時候還有人的，」他本能反應，一躍而起，整個人衝出水面，但他甚麼都看不到，四周漆黑一片，他看了一會，緩緩地由泳池爬上來，他上身赤裸，坐在泳池旁邊不斷喘氣，除了累之外，還被剛才那個似是而非的黑影嚇了一跳，但未來得及反應，他突然感覺到身後彷彿有人，他有點心寒，猛然轉身，他感覺到一個少女的臉緊貼他的臉，因為太近的關係，他根本看不清少女的面孔，只感覺到比起他的熱燙的面孔，少女的面孔有點冰冷，唐智傑感覺到少女的呼吸，他的唇剛好貼上了少女的唇，他突然臉通紅，心跳得好快，他沒想過這個時候還有人在泳池附近，當唐智傑稍為定一定神，他看清楚了少女的面孔……他更……他更沒想到突然出現的……會是她！

「我聽到泳池有聲，於是過來看看，」少女說，她看着唐智傑赤裸的上身。

唐智傑的臉更紅。

他慌忙的找毛巾，少女氣定神閒的把毛巾遞到唐智傑面前。

「你把毛巾丟在泳池旁，差點兒就掉落水了。」少女說。

唐智傑呆呆的站着，他沒想過跟她會有剛才那麼接近的一刻，他心如鹿撞。

少女看着他，他也像木頭人一般地看着少女，少女慢慢地轉身，「你為甚麼那麼晚一個人在這裏游水？你……有心事？」

見到少女之前，唐智傑的心情是在谷底；但看見少女這一刻起，她把他內心所有的陰霾都掃走了，他有說不出的興奮。簡直是狂喜！他做夢也沒想過會見到她。

少女行近唐智傑，眼睛盯着他，聲音很溫柔，她用手拉一拉唐智傑身上的毛巾，

「我走了！明天學校見。」

唐智傑天天都幻想跟少女獨處的情景，他有千言萬語要跟她說，但當她真的站在他面前時，他卻緊張到甚麼都說不出，他只是呆呆的看着她。

「明……明天見。」唐智傑只能在心裏說着，一直看少女離開。

這個晚上為甚麼她會突然在泳池邊出現，唐智傑一直想不透，但這次的「偶遇」，少女的氣若游絲的呼吸，她熱燙的嘴唇，這個晚上發生的一切，一直深深印在唐智傑心裏。即使以後過了很久很久，他都忘記不了。

關於比賽的人選，校長和華特先生研究了很久，最後敲定了張恩樂、徐天和蔡潔出賽。雖然這個結果對唐智傑來說並不意外，但是他還是禁不住失望。

以為一切都塵埃落定，但沒想到，想不到……上天還是自有祂的安排。

比賽前三天，蔡潔突然因為急性盲腸炎進了醫院動手術，肯定是出不了賽的。

人選突然懸空，唐智傑知道消息後，有個大膽的念頭：自己代蔡潔出賽。

唐智傑性格是很倔強的，因為天生的缺陷，他自卑，但他的自尊心也很強，他從來不會去麻煩人家，怕別人的同情眼光傷害他的自尊心；他也絕不開口求人，但他今次希望參賽的慾望太強烈，他決定跑去了求華特先生和校長。

他一口氣跑去校長室，剛巧華特先生也在，但想不到張恩樂也在。他就是這次比賽的主帥。張恩樂跟唐智傑是同一年的轉校生，但兩個人就有天壤之別。張恩樂長得很帥氣，他個子好高，運動好，陽光氣四肢發達之餘，他雖然不算很聰明，但口才了得，他就是那種天生都仿似有種特別魅力的人，去到哪裏都受人歡迎的。入學快一年了，唐智傑從來沒有跟張恩樂有過交流，他當然是知道這個萬人迷的，每次唐智傑都只是又妒又羨地看着他。

唐智傑沒想到張恩樂會在校長室，他的心打了個突。之前滿腔想說，開口求校長和華特先生讓他參加比賽的話都說不出來，因為他怕在張恩樂面前丟臉。

但是人都來了，話總要說的，唐智傑滿臉通紅，之前想好的話，他吞了一半，用手語說：「校長，華特先生，我真的好希望參加這次比賽，求你們讓我參賽，好嗎？」

校長室都靜了，沒有人出聲。

唐智傑心更急，他也豁出去了，他走到校長面前，「請求你們信任我這一次，我真的好希望參加比賽，我一定會盡全力的！」

校長深呼吸了一口，未開聲；反而是張恩樂說話了：「校長，華特先生，我認為唐智傑是適合的人選，雖然他說話不方便，但可以把答案寫在紙板上，我覺得問題不大，而且我們也沒時間去猶豫，我們只剩下兩天。」然後他把臉轉向身後的唐智傑，「我相信我們是需要他的腦袋的。」

唐智傑自從轉校以來，從來未遇到過如此信任和熱切的眼光，張恩樂這幾句話讓他熱血沸騰，心中滿滿都是說不出的感動和感激。張恩樂果真是一個心腸好的俠客，他竟然有留意他，而且認同他的能力。唐智傑認定了張恩樂是他的知交。

「有生之年絕不辜負此人」唐智傑在心裏對自己說。

的確沒有更好的人選，於是事情就此敲定。

代表聖彼得中學出賽的，分別是張恩樂、徐天和唐智傑。

這次的校際比賽，唐智傑出盡百分之三百的力，除了是為自己，也是為了報答張恩樂。雖然只有兩天時間籌備，唐智傑除了上課時間，全部時間他都跟張恩樂一起。一起做資料搜集，一起討論部署，分工，哪一個人集中研究哪一些專題等。

這兩天是唐智傑自轉校一年多以來最快樂的時間。他很喜歡張恩樂，非常非常喜歡。

而這次校際比賽的結果是：聖彼得中學勝了！

全校一片歡呼聲！

唐智傑終於嘗到勝利帶來的榮譽和讚美。

是他十七年以來的第一次。

他告訴自己，永遠不能忘記這個感覺。這種讚美的眼光是他一輩子都不能忘記的。之前因為被林岳峰欺凌，他刻意迴避參與同學的活動，能不參與同學活動就盡量不參與，盡量讓自己變成透明，不讓自己的缺陷引起同學的注目，但這次勝利讓他知道自己原來是多麼渴望被認同，多麼渴求讚美聲。

當大家都歡天喜地的時候，有一個人卻很不快樂。

他是林岳峰。

他很妒忌唐智傑，而他對唐智傑的討厭也去到了極點。

自從這次比賽之後，唐智傑跟張恩樂成為了好朋友，唐智傑很喜歡跟着張恩樂，有時候他看着張恩樂時，心情會有點緊張，因為張實在有股難以抵抗的魅力，唐有時候會不知不覺會模仿張恩樂。模仿張恩樂的笑，他的一舉一動。

張恩樂也不介意唐智傑跟在他身邊，因此兩個人一起的時間也越來越多。

張恩樂自那次學際比賽之後，他在學界已經是響噹噹的人物，加上他是運動健將，他的風頭一時無兩。慕名來追求他的女孩子多如天上星星。張恩樂也樂於跟這些女孩打交道，他幾乎是個個星期換女朋友的。女孩對於他來說，實在唾手可得，他身邊從不乏女孩。

這個當然也叫同學非常羨慕，包括從來未戀愛過的唐智傑。

唐智傑常常幻想跌入情網是怎樣的一回事？有個情景在他腦海裏描繪了一次又一次。他看見自己走入一個花園，幻想一個女子轉過身來，眼光落在他身上，他感覺自己突然喉頭一緊，他靜靜地站着，那女孩的身形修長，皮膚白白，美麗的眼睛漆黑如夜。她身穿白色長裙，綰起黑髮，他們彼此凝視，忘了身邊所有人，他走向她，他開口對她說：「我這一生都在尋找你。」

她微笑。「你終於來了。」

這個就是他一直嚮往的戀愛情景。

聖彼得內小食部，小食部有一個女孩，叫李芯。李芯個子小小，皮膚非常白，就好似沒血管一樣，白裏泛青，但五官卻很精緻。李芯比唐智傑等人大幾歲，她是外賣部老闆的大女兒，她平日放學後都會在這裏幫手，這裏寄宿的男孩給她起了一個外號「王妃」，因為她好 cool，不多說話，也不笑，他們對她又敬又畏，所以叫她「王妃」。林岳峰是她忠實粉絲，他非常喜歡李芯，那次他問碟仙「李芯讀了他的信沒有？」原來他寫了一封情信給李芯。信是收到，也讀了，但李芯一手丟進垃圾桶，在她眼中，這班根本是無知、幼稚和無聊的小孩。

唐智傑也喜歡李芯。他經常在小息、放學時走到小食部，他沒有次次跟同學們一樣，一窩蜂去買零食，很多時候，他都只是靜靜地站着，遠遠的看着李芯，他喜歡靜靜地看她在忙，看她笑，看她的一舉一動。從來沒有一個人令他的眼睛如此不捨，如此不捨得她離開他的視線。很多時候，李芯都忙到不可開交，根本沒注意唐智傑，但如果偶爾有一次，李芯不經意的抬頭，兩人眼神不經意的接觸，都可以讓唐智傑開心一整天。

這種快樂，過去從來未有過；在其他人身上也找不到，只有李芯。

或者，這個就是愛情。

為甚麼會愛上李芯？唐智傑也不清楚。在他眼中，李芯是一個很冰冷的女孩，她不多笑，話也不多，似乎要令她快樂是一件很困難的事。唐智傑在寄宿學校這段日子，最大的恩典，除了是認識了張恩樂之外，就是認識了李芯。這一年來，他幾乎已經習慣了天天跑去小食部，有時候他趁不是太多人的時候，他會借意跟李芯說話，李芯看不懂手語，但看見唐智傑傻頭傻氣，她偶爾也會笑一笑，就只是笑一笑已經令唐智傑欣喜若狂。

他也有跟張恩樂談起李芯，但張恩樂根本無心理會，只是支吾以對。張恩樂天天要應付的女孩已經夠他忙了，一個小食部女孩完全勾不起他的興趣，唐智傑知道張恩樂沒興趣聽李芯的事，於是也很少在他面前提起李芯了。

「你知不知道最近有套愛情片大熱？個個女孩子都爭着要去看。」張恩樂一邊換衫一邊跟唐智傑說。

「是甚麼電影？甚麼主題的？」唐智傑用手語問張恩樂。

張恩樂跟唐智傑正準備換好衣服上運動課，雖然唐智傑對運動一向麻麻，但今天天氣好，又有張恩樂在身邊，出一身汗似乎是一個不錯的選擇。

「好似叫《Twilight》！是關於人和殭屍的愛情故事，」張恩樂一邊說，已經一邊跑到操場去做熱身了。「對面女校有個女孩子今晚約我去看！」他是陽光男孩，陽光下的張恩樂會更閃閃發光。

《Twilight》這個名字進入了唐智傑的腦海，他有一個大膽的想法。

唐智傑從來未戀愛過，但自從轉校以來，有一個面孔經常出現在他的腦海中，每天他都會想起她好多好多遍，尤其是在游泳池邊跟她「偶遇」之後，那張面孔根本在他腦海裏揮之不去，還有她的呼吸聲，她那熱燙的嘴唇……這些片段時時刻刻在他腦海浮現……

「李芯為甚麼會那麼晚在游泳池邊出現？真的是偶遇？」

「她的臉為甚麼會如此貼近我的？」

「她是喜歡我嗎？」

每次想起那個晚上的一切，唐智傑都是心猿意馬，情不自禁。他總覺得那個晚上的相遇不是偶然，是李芯刻意來找他的。他一直都有幻想過跟李芯約會，但從來不敢行動，但自從那個晚上之後，自從他贏了比賽之後；他渴望得到李芯的願望天天在增加。

「約就約吧！反正死不了的！」唐智傑下定了決心。

於是他鼓起勇氣約李芯看電影，就是張恩樂說的《Twilight》。

他跑去小食部把字條伸到李芯面前，剛巧李芯正打算收鋪回家。她拿過字條，冷冷的看了一眼，不說話，然後又看了一看唐智傑一眼，一個個字讀出：「星期天看電影好嗎？」

那時候，唐智傑的臉已經通紅。

「好吧！」

唐智傑沒想到會那麼順利，他以為李芯會打發他走，沒想過她會答應，唐智傑欣喜若狂。

他們約好了星期日看五點半，在銅鑼灣等，看的是《Twilight》（《吸血新世紀》）。

唐智傑其實不太喜歡這類小白臉的電影，這類商業電影內涵不足，但靚人靚景，又是愛情片，這類電影拍得比較「大路」，犯錯的機會不大。電影是描述一隻殭屍跟人的戀愛故事，唐智傑雖然覺得故事好不真實，有點無聊，很膚淺，自己喜歡比較

《齊瓦哥醫生》這類，有歷史背景，而且人物的刻畫很細膩。但他知道，選《吸血新世紀》是對的，因為李芯看得好投入，她很喜歡這套電影。

電影散場時，李芯心情很好，一邊行，一邊說電影好浪漫，男主角又靚仔又有型。唐智傑雖然不喜歡電影，卻很快樂能看到李芯燦爛的笑容。李芯這個晚上的話，比他們認識這些日子加起來的還要多，唐智傑的心隨李芯的笑容飄起來。

之後他倆去吃 pizza，唐智傑表現得很雀躍，不斷指着餐牌問李芯想吃甚麼口味的 pizza？要不要加雞腿？加薯條？要可樂還是七喜？他很渴望可以讓李芯吃得開心，吃得飽飽，但是李芯的情緒起伏很大，吃飯時跟剛才看電影時已經不一樣，她慢慢平靜下來，又回復平日的她，話不多，也不多笑。她點了一個素食 pizza，一碟薯條，但她吃得很少，唐智傑心想：怪不得李芯身形很小，皮膚也近乎沒血色，因為她吃得實在太少。

這次是唐智傑第一次這樣近距離看李芯，這個叫他朝思暮想的女人，說真的，仔細看，李芯並不算特別好看，雖然她的五官算是精緻的，但她的胸也幾乎是平的，女人的風情在李芯身上也找不到。嚴格來說，李芯不可以算是一個吸引的女人，但他也解釋不了，即使李芯是如此冷冰，對他愛理不理，也不很吸引，但是他的雙眼就是離不開她。最重要的是，他的心裏，也只有李芯。

比起唐智傑的熱情積極，李芯明顯冷淡得多。吃 pizza 時，李芯很不專心，不時看手機，又不時看看隔壁枱的客人，唐智傑好像是透明人一樣，雖然是坐在一起，大家卻沒甚麼交流。唐智傑情緒有點起伏，他以為李芯那個晚上突然出現在泳池邊為他拿毛巾，又願意跟他約會，應該對他多多少少有點好感，或者對他有點好奇，但由看電影到吃晚飯這幾個小時裏，她完全沒主動問任何關於唐智傑的問題又或者提起泳池邊那個晚上的事情；唐智傑好努力嘗試跟李芯找話題，但李芯的態度始終很冷淡。

第一次約會，唐智傑覺得很不爽，但他還是很有禮貌地送李芯回家。

回到宿舍之後，他很失落，好似被十桶冷水淋了一次一樣，像氣球漏氣一樣好洩氣，他本來第一時間想找張恩樂，可是張恩樂那個晚上回家了，不在宿舍。唐智傑全身無力躺在床上，這是他第一次跟女孩子正式約會，他想不到竟然會如此不開心。

他不斷回想今晚跟李芯相處的每一個細節，自己有沒有犯錯，惹她生氣了。

「明明看電影時還好好的，為甚麼到吃 pizza 時，她卻忽然冷冰冰的？」唐智傑沒精打彩地躺在床上想着李芯。

他又想起那個晚上游泳池的一幕，他實在搞不清，到底李芯那個晚上出現是刻意的？還是真的偶遇？李芯那晚的表現，對他是有意思？還是無意思？

他越想越亂。

愛情就是令人不能清醒，柏拉圖說：愛是一種嚴重的心理殘疾。

他又回想這一年多跟李芯每次相處的點點滴滴，他自轉校以來就認識李芯，雖然已經一年多了，但其實每次「相處」都好短，只是買零食的時候，而且有很多其他人在擾攘，直到今晚才可以靜靜地看看她，他可以一個人看過夠，他期待了這麼久，準備了那麼多，可是……可是……李芯卻當他可有可無，這個很刺痛他。

唐智傑覺得自己的心，好似一下子跌到十八層地獄一樣，他彷彿聽到自己一陣一陣的慘叫聲。

跟李芯約會這個晚上，唐智傑期待了很久，他幻想過那天約會情景很多次，但沒想到這天來臨時，他並不快樂。但離開了李芯，他也不快樂。他呆呆地在想她入迷。他想撫摸她，他想吻她，他想……那個念頭出現了！他終於明白了這個事實，他愛上了她。

他的愛情來了。他以為愛情是一個充滿狂喜的國度，一旦墜入情網，世界彷彿進入春天，他一直期待着這個叫人心醉神迷的快樂。多次的幻想，可是在現實，當愛情來了的時候，竟然完全不一樣。

李芯的冷淡讓唐智傑的自尊心受傷了，他跟自己說，以後……以後……最好不要……不要再到小食部了。

之後幾天，他努力避開不去想李芯，但人就是奇怪，越是不想，越是片刻忘不了。張恩樂察覺唐智傑這幾天好靜，好憂鬱，好低落。他追問了他幾次：你發生甚麼事了？但是唐智傑都沒有說，因為他「決定」了以後不再去小食部，他「決定」他跟李芯之間已經完了。既然決定了，那還說甚麼呢？

他告訴自己：過去了！過去了！

唐智傑以為不去想，就可以忘掉，可惜怎樣都忘不了她，他氣自己笨，其實直覺告訴他，李芯不喜歡他，但他卻擺脱不了她，他不斷反問自己，如果李芯對他沒意思，「為甚麼她會出現在泳池旁邊？」

「為甚麼她的面會跟我的那麼近？」

「真的只是意外？還是……李芯其實是有一點點喜歡我？」

這些若有若無的「愛情」折磨得唐智傑好辛苦，他告訴自己好多次千萬不要去小食部，但好辛苦忍了三天，這三天他的脾氣變得好差，非常煩躁不安，他努力找事做，想別的事，卻控制不了自己的腦袋，最後他絕望了：「想去就去吧！其實也沒甚麼大不了。」

於是他放學時又死灰的去到小食部。

李芯在拿零食給學生，唐智傑像平日一樣，站在一邊，遠遠的看着李芯在忙。他就這樣一直看着她，腦海出現了很多畫面，他幻想，跟她一起拖着手在校園漫步，李芯對他笑，緊緊的握着他的手……

「三天不見你了。」是李芯的聲音。

他冷不防李芯突然跟他說話，「……是的……我這幾天功課很忙……」他用手語回答，他的心臟在狂跳！他的魂魄被李芯一句話招回來了。

李芯抬頭正眼看着唐智傑，她的眼神一如以往，冷冷的，但聲音卻溫柔了很多，「你是不是快考大學了？」

誰說李芯不在乎？她知道他三天沒有到小食部。她是有注意他的！而且她竟然跟他主動說話！

這一刻，他整個人彷彿重新被注了新生命，他本來死灰的面孔，馬上光澤起來，唐智傑猛點頭，他覺得自己的臉都紅了，而且很自責，怪自己太衝動，太莽撞，差點錯怪了李芯。

但話說到這裏，李芯的好奇心似乎就已經滿足了。她收拾好東西，拉好閘，回頭拋下一句。「我走了。」

這一切來得太突然，沒想到像冰一樣冷的李芯會留意他，還會主動跟他說話，他一下子反應不過來，呆了。直到李芯要走了，他才猛然醒過來追上前跟李芯道別。

人為甚麼會墮入情網？唐智傑不知道，可能連天才科學家牛頓都不會知道，但肯定一切跟地心吸力無關。唐智傑對李芯的愛情又重新被燃點起來。

唐智傑這一天彷彿由地獄又折返了人間，心情由谷底反彈上來。

李芯一舉一動都牽動他的神經，李芯彷彿是他生命第二個上帝，他的情緒都只等李芯發落。

跌入情網，到底是悲？還是喜？

情緒完全被另一個人牽引，天堂還是地獄，都在這個人一念之間。

世界最痛苦莫過於愛一個人太深而迷失了自己，迷失到忘記了自己跟她一樣，同樣特別。

他滿心歡喜，以為是死去的愛情活過來了。

……可是，誰也沒想到，正在等待唐智傑的，不是愛情的美夢，而是一個可怕噩夢。一個將會改變他的一生的噩夢！

那個晚上唐智傑跟李芯的約會沒想到被林岳峰的「老死」歐伯仲碰到，就是他倆剛看完戲出來時，歐伯仲原來也是跟他女朋友看同一套電影。他不動聲色，默默看着唐智傑跟李芯走進餐廳。他知道只要把這件事告訴林岳峰，就一定有好戲睇了。

如他所料，林岳峰怒不可遏，不單單是因為李芯，也因為唐智傑對他的鄙視，也因為唐智傑贏了比賽，也因為他成為了大紅人張恩樂的朋友……總之，他對唐智傑的一切一切已經忍無可忍。

他等了三天，終於這個晚上唐智傑沒有跟張恩樂一起，唐智傑跟李芯道別後，他獨個兒回到宿舍，他平日很少參加同學的活動，因為剛入學那段時間所受的侮辱，讓他在和同學相處時始終有點畏縮，沒法完全擺脱當初的陰影，因而羞怯、沉默，除了跟張恩樂一起外，唐智傑在學校裏沒甚麼朋友。

這個晚上，林岳峰跟兩個男孩，趁大家都去了禮堂的音樂會，沒甚麼人在宿舍，歐伯仲負責看守，他們跑到唐智傑的房間，把他往死裏打。

唐智傑完全無力反抗，臉上一片瘀黑，臉上的血印到衣上，衫也被撕碎了。

「死啞巴！你到底是甚麼東西？竟然打李芯主意？你認為有人會喜歡一個啞巴？貪你甚麼好，貪你依依呀呀好？」林岳峰打到喘氣，他一邊打，一邊罵：「你以為贏了比賽就很了不起？你以為你真的是殘而不廢？你做夢！你根本就是廢人！死啞仔！」

林岳峰跟其餘兩個人對唐智傑不斷的拳打腳踢，打得最狠的是林岳峰，到底唐智傑有甚麼得罪他，他要下此毒手？兩人根本沒任何深仇大恨，一切都不過是因為妒忌。「天天跟着張恩樂，你不醜的嗎？人家當你是狗！可憐你！你以為以你的身份，可以跟人家平起平坐？做朋友？做夢呀你！」

「快走了，音樂會快完了！」歐伯仲叫。

林岳峰等人衝出宿舍門口，林氣憤難息，竟然回頭再用力踢唐智傑一腳，大喝一聲：死啞仔！

在大夥兒回到宿舍時，唐智傑已經昏了過去。

這件事震驚了整個聖彼得。

張恩樂跑到唐智傑的房間看他，左醫生、校長和華特先生都在，那時候，唐智傑已經醒了。

「幸好，只是皮外傷。但傷口一定好痛，尤其左臉上的傷口比較深，」左醫生對校長和華特先生說。唐智傑臉上的傷是在打架時，不小心被玻璃割傷的。

「你臉都傷了，」張恩樂滿懷同情的看着唐智傑，手伸向唐時，唐智傑把張的手撥開，他在逃避張的目光。

「你怎麼了？很痛吧！是誰把你打得這樣傷？是誰？你告訴我！」張恩樂又急又氣又憐惜唐智傑。

他們不斷追問唐發生了甚麼事？是誰做的？

但唐智傑一話不說，他不是不想告發林岳峰，是林岳峰的說話比他的拳頭更重創他的心。他的內心比他的身體更痛，他根本不想說話，他很累很累，一轉頭，又已經昏了過去。

再醒的時候，已經是半夜三時半，所有人都走了，房間只剩唐智傑一個人，唐智傑再也忍不了，他終於哭了，他被林岳峰等人狂打時，雖然很痛，但他一滴眼淚都沒有流過，也沒有求饒。但此事此刻，只有他自己一個人在房間時，他再也忍不住了，滿腹的委屈，像山泥傾瀉一樣，完全控制不了。

林岳峰每一句話都刺痛他的神經，「死啞巴」「人家只是可憐你」「只當你是狗」「你憑甚麼？」……

唐智傑雙眼通紅，他用力嘗試叫出一聲，但房間仍然是死寂一片。他再用力，用盡全身的力嘗試嘶叫，但四周一點聲音都沒有。這樣，他試了一次又一次，最後，他全身都濕透，是汗又是淚。

唐智傑陷入了瘋狂，他看着書桌上的耶穌像，「我一直對你都是尊敬順從，從不做壞事，不做令你蒙羞的事……為甚麼，你偏偏這樣對我，要我做啞巴？」他瘋狂地哭，四周仍然是一片死寂。

唐智傑把桌上的耶穌像用力丟在地上，「我一直相信你，我只希望可以像正常人一樣說話，為甚麼你不願意成全……我已經求了你那麼多年！我不做啞巴！我也不是狗！」

他一直哭，哭了多久，他自己也不知道，情緒的爆發令他一下子又再失去力氣，他失了重心，跌在地上，慢慢失去了知覺。在有意識與無意識中間，他彷彿看見一個全身白色筆挺西裝，樣子非常英俊的年輕男人站在他面前，在叫喚他的名字。

「唐智傑……唐智傑……」

唐智傑慢慢抬起頭來，看着眼前的白衣男人，他不知是不是在做夢？還是幻覺？

「你是誰？」唐智傑問那個白衣男人，竟然……竟然……他聽到自己的聲音！他竟然可以說話？

「我是誰？你知道我是誰的。我是一直在你身邊，由你出世來到這個地方的第一刻，我就在你身邊，」那個白衣男人溫柔地說。

「你是誰？」唐智傑半昏半醒，這個男人的樣子很好看，輪廓很分明，聲音也溫柔，看上去很年輕，大概三十幾歲。他說他從小就在唐智傑身邊，但他卻完全記不起他的樣子，唐智傑幾乎肯定，他們應該是素昧平生。

「你到底是誰？」唐智傑虛弱地問。

那個男人的目光在那個被他丟在地上的耶穌像閃過了一下。

「你……是？不可能的！不可能的！」唐智傑彈起來，毛骨悚然。

那個男人滿臉仁慈地對他說：「你的祈求我是知道的，但我改變不了，有些事情，有些命運是你必然要接受的。但你的將來，我可以告訴你……」這個男人壓抵聲音，用堅定的眼神看着唐智傑，「我將會給你一個很燦爛美麗的將來……只要你對我的信心不動搖……」

唐智傑聽到這裏，突然怒氣沖天，剛才的怒火又再被燃燒起來，未等白衣男人說完，他已經忍無可忍，他把過去十七年的怒火一次過爆發。

「又是信心！我聽了這句話十七年，你到底要我有幾多信心，你才滿意？」他怒不可止。「我不會再相信你！你是騙人的！你滿口仁義，但你看看你創造的世界到底是甚麼樣子？」

他從小就向神許願，希望萬能的主可以讓他再說話。

他小時候曾經問過父親：「假如你請求上帝做一件事，」唐智傑問，「而且你真的相信上帝是有能力把它成真的，而你又非常虔誠，但請求卻沒有出現。這是代表了甚麼？」

唐智傑父母都是虔誠基督徒，從小父母都告訴他，有甚麼事請求，就向天父祈求吧。天父把我們當作自己的仔女一樣，一定會如我們所願。唐智傑從小就只有一個願望，就是希望可以開口講話。開心時可以唱歌，傷心時可以跟別人傾訴，人家罵你時，可以罵回去。

「這只能說你對上帝的信心不夠。」唐爸爸回答。

小時候的唐智傑無可奈何接受了這個解釋。如果上帝沒治好他，是因為他還不夠信念。但到底信幾多才是足夠的「信」？關於這個問題，他問過自己好多次，又嘗試問過牧師，但從來沒有人可以確確切切回答。

於是，他又想，或許是他給上帝的時間不夠，他祈求了十幾年，但他承認是斷斷續續的，因為有時候他想要別的東西，於是就祈求了別的。直到轉學去了現在的寄宿學校，因為受過的屈辱，他才更渴望可以說話。他不希望一世被人叫「啞巴」，他也不希望，他這個缺點把他其他所有的優點都遮蓋，例如他讀書成績不錯，尤其在物理上；他的畫也不錯。除了他個子比較小，比較瘦之外，其實他的面孔也很秀氣英俊。可是，這些優點，無法抵銷他是啞巴的事實。

更重要的是他希望可以跟李芯好似一般情侶地談情說愛。

那個白衣男人的說話，唐智傑完全聽不入耳，而且覺得非常討厭，他沒辦法平靜自己的情緒，他差不多把房間的東西可敲碎的都敲碎了，而那個白衣男人也在唐智傑的怒吼中消失了。

房間的光隨着那個白衣男人的消失，突然也全部熄滅，房內一片漆黑，唐智傑未來得及回應，屋頂突然間冒出一股紅煙，血紅色的，填滿整個房間，煙霧瀰漫，然後……然後一個紅衣男由屋頂上慢慢降下來，出現在唐智傑面前。

這個男人的輪廓很深，像西人的輪廓，雙眼皮又深又大，個子很直很高，這個紅衣男人臉上沒有半點血色，也沒笑容，他明顯沒有那個白衣男人的慈祥，紅衣男人身上有股殺氣，或者說，他有股邪氣，令人不寒而慄。

唐智傑不能相信眼前看見的，到底他是不是被打到腦震盪了？眼前一幕一幕的，到底是幻覺？還是真實？

那個紅衣男人用很低沉的聲音對唐智傑說：「唐智傑，你的傷還痛嗎？你想要報復嗎？」

唐智傑身上沒有一寸地方不痛，尤其左邊臉被玻璃割了一個很深的傷痕，那個紅衣男人這樣一說，他的怒火又重新被燃點起來，對林岳峰等人憤怒至極，他自轉校以來，沒有得罪過他們，而且還試過送小禮物向他示好，也嘗試一次又一次避開他們，但林岳峰卻沒給他半點平靜，非要弄他不可。

「今晚的事，你都知道？」

那個紅衣男人點了一下頭：「我都看到了。」

唐智傑對林岳峰等人恨之入骨，恨不得把他煎皮拆骨，如果可以其人之道，還治其人之身，是何等痛快之事！

「我們做一個交易，」那個紅衣男人說，「你給我我想要的，我不單止可以替你懲罰你痛恨的人，令他們承受你今天的所有痛。以其人之道，還治其人之身。」

唐智傑多麼渴望把拳頭還給林岳峰這幫人，由轉校以來，他們一直欺負他，他只是說不了話，但哪裏有得罪過他們，但是他們就是不放過他。

這個紅衣男人看見唐智傑眼裏的怒火和仇恨。他知道這個交易一定可以做成，那個男人還加了一個非常吸引的條件：「我還可以給你一個非常燦爛光明的未來，讓你當上一個非常出色的醫生，讓你得到榮耀和尊重。」

這個紅衣男人的條件太吸引，根本無法拒絕，唐智傑一生人最欠缺的就是尊重，那次校際比賽也讓他初次嘗到別人的讚美，那時候他才知道，原來他是如此渴望人家的讚美和欣賞的眼光。他並不是真的希望人家當他透明，被忽視的感覺是多麼可憐和可悲。他喜歡上了張恩樂也是因為張恩樂用平等的身份對待他，欣賞他的才華，把他當成好朋友，只是這一切一切在其他人眼中卻是另一回事，更把他被看成他是張恩傑身邊的一條狗。

「我甚麼都沒有，也沒有甚麼寶貴的東西可以跟你交換。」唐智傑垂頭喪氣地說。

那個紅衣男人笑了，「唐智傑，你有的，只是你不知道。你有一件很寶貴的東西，」他把臉伸向唐智傑，狡猾地笑，「你不是有一個好朋友張恩樂？只要你願意，你可以把你所有不幸都轉到他身上，讓他代你成為啞巴！讓他代你承受所有恥辱，讓他代你承受所有鄙視……你不幸的人生，將會跟他對調……」那個紅衣男人停了一停，眼睛盯着唐智傑，「唐智傑，那以後迎接你的……將會是一個完全不一樣的人生，一個是你完全想像不到，極之美好的人生……」

唐智傑確實有一刻衝動答應紅衣男人的交換的條件，但當他說到要用張恩樂交換時，他的心冷了。

他想起張恩樂在他最無助的時候出現在他面前，跟校長和華特先生爭取讓他出賽；當人人都欺負他時，只有張恩樂當他是好朋友，從來沒有嫌棄他；雖然剛才他撥開張恩樂的手，但張恩樂半點都沒生他的氣，還非常憐惜他，關心他的傷勢。他也曾經對自己承諾過，張恩樂是他一生一世的好朋友，他可以為他赴湯蹈火……那今天為了自己，為了報復，為了得到榮耀，他真的要出賣這個有恩於他的好朋友嗎？

唐智傑內心非常掙扎，那個紅衣男人提出的條件他非常渴望得到，但他也絕對不能對不起張恩樂，更不能讓他承受自己不幸的人生。

「怎樣？你決定了沒有？我只給你一次機會，其他人想得都得不到這個千載難逢的機會！」

唐智傑久久沒出聲，他的腦一直在轉，他猛然想起……這個人憑甚麼有這麼大本事？

他恐懼了，他低了頭問：「你……你……到……底是誰？」

那個紅衣男人死盯着他，忽然大笑，然後一個個字吐出來說：「我……是‧撒‧旦。」

「撒旦！」唐智傑差點就暈過去。

房內是死寂一片，只有唐智傑急速的呼吸聲，那個紅衣男人一步一步走近唐智傑，眼光像劍一樣又冷又鋒利，他盯着唐智傑，唐智傑很畏懼，這個紅衣男人真的是撒旦？撒旦？

唐智傑知道經過今晚的一切，他不會再相信神，但因着這十七年以來的教誨，他非常清楚撒旦是甚麼底蘊。

即使不相信神，也不可能跟隨撒旦……何況他要的人是張恩樂？

唐智傑緩緩站起來，他看着撒旦的眼睛：「我不會跟你做交易。」

撒旦那對邪惡的眼睛閃出了光，撒旦憤怒了，他一手抓住唐智傑的頸，把臉貼近唐智傑，雙眼放大，用嘶啞的聲音叫：「唐智傑，你說甚麼？你再說一次……」

唐智傑很害怕，但他鼓起最大勇氣，看着撒旦的眼睛：「我不會跟你做交易！」

撒旦憤怒到極點，他的手握住唐智傑的頸握得更緊，臉更貼近唐智傑，「……唐智傑……我告訴你……你一輩子都會是啞巴……你會受詛咒！」

撒旦放開唐智傑，冷笑了一下，他走了。

撒旦走了，跟着紅煙也不見了。

四周又回復正常。

唐智傑筋疲力盡爬上床，今晚也夠他折騰了，給林岳峰等人打了一身，又遇見一個白衣男人和紅衣男人……他根本搞不清這些到底是夢境？是幻覺？還是真實？

他不敢相信這是真實的。

「真的看見了上帝和撒旦？有可能嗎？」他心想，不可能的。但你說是幻覺，他們之間的對話又非常真實，他摸摸自己的頸，剛才被撒旦死力的握着，真的好痛，還差點透不過氣。

「……我可以知道這一切到底是真實還是幻覺。」他靈機一動，一口氣跑出了房門，跑到浴室，他深呼吸一口，他知道如果他能在鏡子上看到剛才那個紅衣男人握着他的頸留下的手指印，那今晚看見的一切都必定是真實的了。

他心跳得好快，他緩緩把身上挨過去，抬頭看着洗手盆上的大鏡，他突然有種想吐的感覺。他頸上……竟然……竟然真的有……三隻手指大小的傷！

「是真的，是真的……」他叫出來。

撒旦真的來過！

他倒抽一口涼氣，背脊都是冷汗，他自言自語：原來都是真的。我真的看見……不是幻覺。

學校的浴室內有很多格浴室以方便學生，而每格浴室都有個花灑，浴室內的花灑突然開了，水聲好嘈好嘈，唐智傑嚇了一大跳。

唐智傑猛然轉身，看見一個全身黑衣的老頭站在他背後。老頭看上去應該有九十多歲，他的身形瘦骨嶙峋，好瘦好乾，一臉都是皺紋，頭髮差不多都掉光了，老頭有點寒背，拿着一支黑色的拐杖，一拐一拐地行近唐智傑。

老頭雖老，但肯定不是善類，他的眼光好殺人。

「你就是唐智傑了。」老頭先開聲。

唐智傑呆呆的看着他，他以為經過撒旦之後，一切都應該完結了，但沒想到原來好戲在後頭。

「你知道我是誰嗎?」老頭問唐智傑。

唐智傑搖頭。

老頭冷笑了一下,手一擺,在他們前面出現了一個影像,影像裏,唐智傑看見一個老頭在床上奄奄一息的樣子,這個老頭有點面熟,唐智傑直覺應該是在電視上看過他,但又想不起他是誰……唐智傑看見醫生和護士非常緊張為這個老頭急救,老頭身邊有一個看上去也差不多七十歲的老女人,不斷在床邊哭,應該是他的太太吧……而房中還有幾個中年男女都愁眉苦臉,一直在老頭身邊守着。

「這個老頭看上去,應該是不成了。」唐智傑當時心想。

就在這個時候,唐智傑看見那個黑衣老頭出現在那個畫面上,黑衣老頭看看四周的人,可是似乎沒有一個人看到他。那個黑衣老頭冷冷的看着躺在床上奄奄一息的老人,他然後緩緩的行到那個老頭的腳後,站在那裏,像木頭人一樣動也不動,不一會……醫生再次緊急地為那個躺着的老人做心外壓,那個老女人哭得更厲害,不斷在叫那個老頭的名字……

「……Ron……Ron……」

那時候，唐智傑才猛然醒起……難道他就是……就是……大名鼎鼎的……美國前總統列根！

那個老頭在床上已經非常痛苦，可是不一會兒……他已經全身無力。一會兒後，他已經動也不動了。

他死了。

美國前總統列根卒於二〇〇四年六月五日，在美國洛杉磯。

那個死神看着唐智傑目瞪口呆的樣子，他又再擺一擺手，又出現了另一個影像，是深夜的一個車禍現場，眼前的一架跑車已經撞到變了形，裏面有一男一女，都是外國人，男的當場已經死亡，女的血流披面，奄奄一息，那個黑衣老頭又出現了……一如既往，他冷冷的看着那個垂死掙扎的女人，那個女人很年輕，只有三十幾歲，雖然當時她已重傷，但她標致的面孔，那股雍容的氣質……唐智傑知道她是誰……世界上恐怕沒有一個人不知道她是誰……

那個黑衣老頭一拐一拐行到那個女人腳後，他一直看着，直到她斷氣。

威爾斯王妃戴安娜，卒於一九九七年八月三十一日，在巴黎的一宗車禍。

「你知道我是誰了嗎？」那個黑衣老人回過頭來問已經目瞪口呆的唐智傑。

唐智傑輕輕的點了一下頭。

「那我是誰？」

「你……你……是死神。」唐智傑的聲音不斷在震。

死神滿意了，他格格聲地笑，笑聲有點恐怖。

「那你還不算太笨！」

「你來這裏……是因為我……我要死了嗎？你是不是……來……帶我走？」他幾乎肯定，他一定是剛才被林岳峰等人打死了，死神是來接他走的。

「哈哈哈哈！」那個死神大笑起來，「原來你以為我是來帶你走……哈哈哈哈！唐智傑如果你到這時候，我會親自來接你的……」他把臉貼向唐智傑。

「那你來幹甚麼？」唐智傑似乎鬆一口氣。幸好，原來不是來接他的。

「我來是跟你做一個交易。」死神說。

「交易？」

「今天晚上在你身上發生的一切，我都知道了。我可以改變你的人生，讓你當上這個世界最權威的醫生，你將會完全掌握任何人的生死，只要你認為能醫好的，就算所有人認定他死定了，你都一定可以醫好；只要你認為他必死無疑的，世界上沒有人可以多留他一分鐘……」

死神看着唐智傑，「你不明白嗎？」

唐智傑搖頭。

「你這個人頭豬腦！你是這個世界上唯一看見我的人，如果我出現在這人腳後的時候，你就會知道這個人命數已盡，世界上沒有任何一個人救得了他……你明白了嗎？」死神說。

「我明了，我明了……你意思是……你會幫助我，讓我知道這些病人到底救得活？還是救不活！」

死神猙獰的笑了。

「這個宇宙，只有我完全掌握人的生死，而我將會讓你成為這個世界上唯一知道生死秘密的人！」

唐智傑雙眼發光，他知道如果他能擁有這個能力將會是何等厲害的事！

比起神和撒旦，唐智傑認為眼前的死神更可信，因為世界上不論貧賤富貴，從來沒有人可以逃過他。他帶走富人，也帶走窮人，任何人在死神面前，都是平等的。

「但……」死神說，「我要你拿一件寶貴的東西跟我交換。」

「是甚麼？」

「愛情。拿你的愛情跟我交換！」

「李芯？」唐智傑叫了出來，「你要拿她怎樣？」

死神大笑了，「我從不拿任何人的命，李芯時辰未到，我不會帶走她的。只是，我要拿走她對你的愛情，如果你要知道生死的秘密，從今之後，所有關於你的記憶都會在李芯腦海洗去，她不會再記得你這個人……你們從此成為陌生人。」

唐智傑心灰死了。

死神說到要用李芯的愛情交換，是他的李芯，一個他十七年來唯一愛過的女孩，她從今以後會忘掉他？完完全全忘掉他？

唐智傑全身乏力，腳一軟，他跌在地上，他很渴望得到死神付予的能力，他知道得到這個能力之後，沒有人會再看不起他，沒有人敢再看不起他。他知道在他面前的將會是一條光明大道。他渴望別人對他的崇拜，他渴望榮譽，他渴望受到重視……他太太太渴望了。

但他要失去李芯。

「這是很公平的，一得必有一失，如果你不願意用愛情來交換，我們的交易就告吹。」死神轉身，似乎打算離開了。

「你不要走！」唐智傑叫住了死神。

「你真的可以讓我知道生死的秘密嗎？你沒欺騙我？」

「你這個蠢材！你懷疑我？」死神生氣了。

「我不是，我不是！」唐智傑緊張地說，「這個交易我做！」唐智傑是心痛的，他不願意放棄李芯，但相比起那似有若無的愛情，死神給予的條件實在太多太多了，而他真的很需要這一切一切。

唐智傑選擇放棄他的愛情。

為了一個更燦爛的前途。

他認為他不會後悔。

愛情可以戰勝一切，除了貧窮和牙痛。

他太貧窮了，愛情戰勝不了貧窮。

「愛情是可以忘掉的，不是人人都是這樣說的嗎？只要你不去想，不再見，遲早一日她會變淡，然後慢慢在你心裏褪色。」唐智傑心想。

跟死神交易沒傷害任何人，他相信他放棄李芯，李芯也不會傷心，而且到底李芯對他有沒有愛情？他自己也不知道，恐怕是沒有吧！所以心痛的也應該只有他一個人，但時間是可以治療所有的傷口，他相信。

死神笑了，「聰明的孩子！很好！你的選擇是對的！」他慢慢收起笑容，盯着唐智傑，「從今以後，李芯不會再記得唐智傑這個人，她……會在你……生活中……消失！」

「你是甚麼意思？你不是只說她會忘記我，你沒說過她會消失，」唐智傑急哭了，「你要如何處置李芯？」

他追向死神，可是死神已經去得很遠很遠，他怎樣都追不到。

「唐智傑，你要記住，生死秘密只有你一個人知道，你絕對不能背叛我，不能違背生死的定律，否則你……必……定……受詛咒！」死神的聲音在黑夜中消失了。

這一夜之後，唐智傑知道他的人生已經不一樣，雖然他仍然是啞巴，但他知道無限的榮耀在後面等着他，因為他跟死神立了誓。

昨天晚上林岳峰等人幹的好事，好快就被揭發了，因為學校的走廊都有閉路電視，閉路電視拍到林岳峰、歐伯仲等一班人急急忙忙，衣衫不整的由唐智傑房間走出來，校長和華特先生把林岳峰幾個人叫到校長室，不用一會兒，歐伯仲這個無膽匪類已經把林岳峰供了出來。

歐伯仲是正牌的小人，為了自保求情，他告訴校長和華特先生，所有的事情都是林岳峰主使的。

結果歐伯仲等人被記大過，而林岳峰因為打架傷人，而且死不悔改，被聖彼得踢了出校。

但最奇怪的事是走廊的閉路電視只拍到林岳峰等人，但死神竟然完全拍不到。

唐智傑鬆了一口氣。

到了這個地步，一切都應該結束了。

林岳峰等人打人及被踢出校的事件，轟動整個學校，所有的學生都紛紛在議論，就只有唐智傑最沉默。

林岳峰的去留，唐智傑根本不在乎，他沒有幸災樂禍，但也沒有為林岳峰求情，該發生的就發生。他經過那個晚上之後，自己的心情一直未平靜過來，尤其每次想起李芯，他的心都好像被抽打了一下一樣。

唐智傑變得更加沉默，他又回復以前一樣。他現在更少參加同學的活動，他似乎要把自己隔絕了，甚至連對張恩樂，也變得很冷淡。他仍然喜歡張恩樂，以前他幾乎天天跟着張恩樂，但經過那一個晚上之後，他覺得所有事情都不一樣了，張恩樂仍然是他最信任、最好的朋友，但他眼前已經有更重要的目標，他絕對不能有任何差池，就是大學的入學試。

他知道，死神將會給他所有的榮寵，但必須先過這一關。

唐智傑把自己完完全全陷入書堆中，他不理早晚，瘋狂地讀書，他好像一頭餓狼，知識就好似血淋淋的生肉，他一口一口狼吞虎嚥地吞下去。他只是全心全意的應付大學入學試，他告訴自己：他一定要順利考入港大醫學院！以前唐智傑天天不理多忙，他都必定會跑去小食部看看李芯，即使兩人沒任何交流，即使他只是默默站着，即使李芯完全看不見他，但只要看到李芯，他都有莫名其妙的快樂。但自從跟死神交易後，是他自己心甘情願放棄李芯去換取一個有前途的未來，他還有甚麼面目跑去小食部見李芯呢？

自那個晚上，唐智傑已經不再去小食部了，每次經過小食部，他都會刻意避開，換另一條路，因為他心底裏無法面對自己，堂堂一個男人，竟然用愛情去換前途……他不敢想下去，因為他很鄙視自己。

既然已經決定了，他為此付出了他的愛情，付出失去李芯這個代價，他更不能輸。

但不用他避開李芯，李芯也不能再回來小食部了。

「你有沒有看到告示？」張恩樂問唐智傑。

「甚麼告示？」唐智傑一頭霧水。

「那個李芯呀！你不是一直很喜歡她的嗎？我剛剛看到校務處的告示說小食部結業了。」張恩樂說，「我剛才問了全校最八卦的小胡子，他說原來那個李芯的爸爸在大陸的生意虧了很多，所以不得不結束小食部的生意。聽講……那個李芯要出來打工幫補家中的收入……」

唐智傑的臉一下子變青了。

「你沒事吧！你的臉色怎麼那麼難看？」張恩樂問唐智傑，「你是不是哪裏不舒服了？」

唐智傑知道是誰幹的好事！

他推開了張恩樂，跑出了房間，他跑去小食部，眼前的小食部已經拉了閘，人去樓空。

只是三個星期！才三個星期！變化已經大到他想像不了……他承受不了！

他心甘情願犧牲愛情換了前途，他可以承受李芯忘記他，但承受不了她從此消失，更承受不了死神要用這樣卑鄙的手段讓李芯消失！

李芯忘記他，他以為傷痛的只是他自己，但他從來壓根兒沒想過要傷害她……可是李芯卻因為他的盲目自私……而家逢巨變！

「一定要找他出來！」唐智傑怒火中燒！他一定要找那個死神出來！

他失去了理智。

他以為只要找到老頭，只要他甚麼都不要，不要知道生死的秘密，不要往後的榮耀……一切就可以回復原狀，李芯就可以回來。

可是，貨物出門，絕不退換。何況是跟死神交易？

唐智傑這一天發了瘋一樣去找李芯，他送過李芯回家一次，他由赤柱跑去了灣仔。李芯住在灣仔的舊樓，本來她的家已經不算富裕，現在恐怕更差了。

唐智傑找了一遍又一遍，他逐個拍門問李芯的鄰居，知不知道李芯一家五口去了哪裏？可是沒有人知道李芯一家人搬去了哪裏？

「他們一家應該是前天搬的，聽講是李生生意失敗……」說話的是一個中年婦人，是李芯鄰居，「好似說還欠一屁股的債。」

唐智傑面如死灰，他由出世到現在，他從未試過虧欠別人，現在他覺得他虧欠了李芯，內疚就好似一頭野獸把他吞噬。唐智傑從來未試過如此迷失……他身上的又是汗，又是淚……「李芯……李芯……」他在心裏一直在叫喚李芯，一直在滴血。

他離開李芯家，再去李芯有可能到的地方都找一遍，都找不到。

「茫茫人海，還可以去哪裏找？」

他不斷努力在想還有甚麼地方是李芯可能會去的，即使渺茫，哪怕只有萬分之一機會，他都希望去找一遍。可是，他想了又想……他知道關於李芯的實在太少……

他垂頭喪氣的回到學校，他終於明白了一個事實：在這茫茫人海裏，他跟李芯是失散了，從今以後……他們倆真的失散了。

他哭了。哭得很厲害，哭得像是生離死別一樣。

除了哭，他已經無能為力。

只是一天，唐智傑差不多瘦了一個圈，他整天一口水都沒喝過，找不到李芯，但他堅決不會放過死神，即使毫無頭緒，他決心要把死神找出來。

晚上唐智傑等所有人都熟睡之後，他跑去那天第一次遇到死神的浴室。

「出來！」他用手不斷拍打浴室的門，「出來！你不要躲！你馬上滾出來！」

浴室一片死寂，只有他拍打浴門的回聲。

他又走到那天死神消失的走廊，來來回回走了數十遍，可惜甚麼都找不到。

他絕望地在走廊和浴室徘徊，他絕望地哭了，他痛恨自己，因為自己的貪婪，因為他貪圖權力和榮耀，衝動的決定在不知不覺中傷害了李芯。

唐智傑一個人一直呆呆地坐在浴室一直到天光。

可是死神沒有出現。

第二天晚上，唐智傑再去浴室等死神。

他也沒有出現。

第三個晚上，他在凌晨三時就一直在浴室等待，一直，到天光。

死神沒出現。

之後唐智傑差不多晚晚，待所有同學都熟睡之後，他都會一個人就來到浴室，有時候他會一個人坐在這裏一直到天光。

有一次給張恩樂看到了，張恩樂追問他發生了甚麼事，為何總是一個人半夜三更在浴室徘徊？「我沒事，我只是睡不着。」

張恩樂知道唐智傑在講大話，但他就是不說出來。

「你是不是在想念李芯？」張恩樂問。

他竭力不去想起這個名字，但再次聽到時，他的心怦怦的狂跳，唐智傑雙眼通紅。

「不要再想了，其實你們未開始過！」張恩樂對唐智傑「曉以大義」，「沒有人會因為做愛而累死，但我們卻會被愛情累死！看你就知道了！」

對於張恩樂來説，女人就是不應該費心神的事，合則來，不合則去。唐智傑的反應，對張恩樂來説是很難理解的。在他的邏輯：世界上又不是只得李芯一個女人？就算是只得一個，連接吻都未試過，更不論上床了，傷心到這個地步，瘦了一大圈，晚上還好似鬼魂一樣飄來飄去，是一件很愚蠢的事！

唐智傑沒理會張恩樂，他心裏的難過，只有他自己才明白。

他想找李芯找不到，他要找死神也找不到。

他們彷彿在這世界無聲無息地消失了。

就連一句「再會」都沒機會講，就消失了。

人跟人的緣份，原來很脆弱。你以為緣份用不盡？還有很多很多？你以為日後大家相見的日子還很長?緣份很會暗算人，她會不動聲色，在你毫無防範的情形下，一下子就完了，消失得無影無蹤，任你叫天不應，叫地不靈。

唐智傑也慢慢平靜下來，由當初的激動，發狂……他平靜了，一切都已經成了事實。

之後的大半年。唐智傑的日子過得很單調，除了讀書之外，他幾乎斷絕了所有社交活動。他和同學之間彷彿有道高牆，大部份時間他都是自己一個人，他漸漸在同學中又變成一個可有可無的人。以前他還算會參與些少活動的，但自從李芯的消失後，他變得更沉默，一直沉到海裏去。

偶爾半夜他會一個人在大家都熟睡的時候，一個人走到那個浴室，他心知死神是不會出現的，因為自從那個晚上後，他就從來沒有出現過，任由唐智傑如何的歇斯底裏，他就是不再出現。但這舉動慢慢成了唐智傑的習慣，或者他是在等死神，又或者他在懺悔……沒有人知道。

馬上要面對大學入學試了，這段日子是唐智傑人生最難捱的時間，心中的悲痛未治好，就要面對考試的壓力。

「悲傷已沒時間」，他知道他必須被港大取錄，他以後才有希望。張恩樂也收斂了很多，打波泡女的日子雖然過得很快活，但他也明白，如果入不到大學，他也會完蛋。

他們又再一次擁有共同的目標，就像當年參加校際比賽一樣。

張恩樂跟唐智傑報考的都是港大醫學院，兩個人最希望的是，同時被取錄。唐智傑一直認為張恩樂考入港大是沒問題的，其實連校長和華特先生，恐怕是整個聖彼得也認為，張恩樂必定可以順利入大學，而他一直是聖彼得的傑出學生，是模範生！

可是，世界上沒有任何一件事是必定可以，或者必定不可以。

「事與願違」對我們來說並不陌生。

大學入學試的結果出人意表：唐智傑考入了港大的醫學院，但學界的風頭人物，萬人迷張恩樂卻名落孫山。

唐智傑考入大學的事，沒有太多人興奮；但張恩樂考不入港大，卻叫好多人失望和跌眼鏡。

不單止，正確來說，張恩樂的成績不但是入不了港大，而是所有大學他都考不到。

到底張恩樂出了甚麼差錯？沒有人知道。但是張恩樂卻由大學放榜那天起，由天堂跌落地獄。

這個打擊對他來說實在太大。

所以說，這個世界沒有甚麼叫做「一定」。

認為一定有，一定得，最大機會得到的就是失望。

人類其實從來就沒有掌管自己未來的能力，事實上，我們可以掌控的東西也很少，一個人有沒有缺陷，即使是自己的身體，自己都不能掌控。愛情，也不完全任你掌握。你愛一個人，那個人不一定愛你，即使那個人有多好，多完美，如果他不愛你，這個就是最大的缺憾，是你改變不了的。

全個聖彼得都認為張恩樂「一定」入到大學，誰知命運之神不是按大家的意願去編劇，張恩樂的男主角角色到此為止。

張恩樂消沉了好一段時間，唐智傑不知如何安慰他，只是默默陪在他身邊。人與人之間，不一定要說些甚麼，做些甚麼，陪伴是最貼心的，即使大家一言不發，總之你在我身邊就是最大的支持。但是張恩樂的心情他是明白的，沒有任何一個人比他對痛苦更敏感，更明白；就像一個久病的病人，會對別人身體上的不適好諒解好明白，因為自己受了不少同樣的苦。這個就是「同是天涯淪落人」的感受。

從來張恩樂都是以勝利者的姿態出現，對於這次考試的失敗，他很難接受，更難接受的是他不再是風頭躉，過去喜歡吹捧他的人都不見了。社會是現實的，人的面孔最易變，不用畫皮，說變就變。

張恩樂和唐智傑終於也領悟了。

唐智傑開始忙大學的入學手續，大一是大學生活最快樂的日子，由天天被父母管束的中學生，一步一步踏向成人階段，開始擁有更多的自由；開始連父母都找不到你……大學是人生的一個里程碑。

唐智傑天天被這些新鮮事物包圍，譬如說參加迎新營，天天認識不同的新朋友，而大學生確是比中學的同學成熟，他們不會看見唐智傑不能說話而大驚小怪，也沒有中學生的幼稚行為。

「能夠讀大學真好……」唐智傑終於可以離開聖彼得了，這個地方載滿了他青春的記憶，當中最深刻的是李芯。每次想起她，他的心都會隱隱作痛，他會想：李芯不知在哪個地方？在做甚麼？她的生活還好嗎？……她……還會……記得我嗎？

每次想到這裏，他都會倒抽一口涼氣。他已經一年沒見過死神了，但他殺人的眼光偶爾會在他夢境出現，嚇醒他。

曾經有人說，上帝才是最佳編劇，祂編的故事超乎你想像，沒有人可以預料下一場，我們可以做到的，只是好好演好角色。

等了十八年，上帝這回要唐智傑隆重登場了！

過去的一切不幸、欺凌、侮辱都只是鍛煉，他將會是閃閃發亮的新星，從今以後，無人能再阻擋他。

之前的男主角，女主角，對不起，原來都是大茄，祂後面沒寫你的戲，你也只可以到此為止。

爭？有甚麼好爭？就算想爭，也不到你的份兒。

人生如舞台，沒騙你的！

唐智傑已經準備好迎接他的新一頁，那張恩樂呢？自從考不上大學之後，他消沉了好一段時間，但消沉改變不了事實，地球還天天在轉，要面對的，始終要面對。

升不了學，張恩樂也別無選擇，只有出來工作。

張恩樂從小就是運動健將，四肢發達，外形不差，加上他能言善辯，口甜舌滑，找工作對他來説還是沒問題的。張恩樂當了地產經紀。

「想不到，我們現在是一個天一個地。」張恩樂一邊喝啤酒，一邊説。

「沒有！我們還是跟昨天一樣，你還是我的好朋友。」沒聲音的説話，這個是唐智傑。

兩人在上環街市的一個小大牌檔吃飯，因為張恩樂的地產公司就在附近。

張恩樂看着唐智傑，他也沒有想到唐智傑會有爬過他頭的一日。過去他跟唐智傑要好，多多少少有點是出於同情，好好一個人，無端端經常被人欺負，他看不過眼，所以跟唐智傑特別要好；而且唐智傑也永遠威脅不了他。

友情也避免不了計算。

但就是沒想過，自己入不到大學，而唐智傑竟然入了。

兩個人都清楚，兩人以後的前途是天與地的分別。

張恩樂嘆了一口氣：「我還是不認命的！」他看着唐智傑，「雖然我做不了醫生，但是將來我一定是地產大王。」他搭着唐智傑的肩膀，指着前邊，「你看！中上環是香港的中心，現在我幫人打工，將來一定會是他們幫我打工……這些地方都……都會……是我的！」

唐智傑一邊笑，一邊拍拍張恩樂的肩膀，以示支持。是真心的支持。張恩樂在他眼中從來都是無所不能的，偶爾失手不足以論英雄。他認為張恩樂即使做不了醫生，都一定大有前途。

兩個人很久沒有像這晚談心了，唐智傑知道張恩樂喝醉了，他的酒量麻麻，畢竟才十八歲，即使牛高馬大，其實也只是個小孩。張恩樂心裏的難過，唐智傑是明白的，他憐惜的看着張恩樂，張恩樂越喝越多，唐智傑本來想阻止他，但又停止了，心想：「大醉一回又何況？」

張恩樂以為唐智傑考入了港大一定很快樂，是嗎？真的是這樣嗎？

唐智傑是高興了一會的，但有一個人的影子一直在他心裏，每次他想快樂起來的時候，那個影子會好似鬼一樣飄出來，她沒説話，只是用悲哀的眼神看着他，於是他剛飄起來的心又會再石沉大海。

張恩樂要大醉一回，唐智傑也決心奉陪到底，他有説不出的千言萬語，既然説不出口，就通通灌進肚裏。

兩個人忘情地喝，喝完一支啤酒又一支，一直喝到淩晨三時半，老闆娘要關門為止。

「你們兩個人怎樣了？醉到這個樣子，年輕人呀！要好好愛惜自己的身子，」是大牌檔老闆娘的聲音。「哎呀！你們還成嗎？」

兩個大男孩醉到根本走不了，唐智傑酒量更差，喝到一半已經在嘔了，他的胃很不舒服，但他卻很開心。

他一生人沒有甚麼可以自己掌握得了，出生就是啞巴，他控制不了；深愛李芯，卻連她現在人在哪裏都不知道。但難為自己的身體，他還可以辦得到，誰也阻止不了。身體越難受，他反而才感受到自己的存在：「終於有東西是我可以掌握了！」

好變態的想法！

是的，好變態！

又如何？

但是這個想法令他很興奮，好似爭了一口氣一樣。

那個晚上兩個人沒有回宿舍，也沒有回家，就在附近一個公園睡着了。

一覺睡醒，唐智傑看見很多街坊在做晨操，他看看身邊的張恩樂，他仍然不省人事，唐智傑笑了，這十八年來，他都規規矩矩，不做任何荒唐的事，但原來荒唐是那麼痛快的事，有不少老人家行過他身邊都擰擰頭，他看見這些人覺得更好笑，他知道他們一定認定他們是壞孩子，喝到大醉，家也回不了，要睡在公園。唐智傑越想越好笑，越笑動作越大，張恩樂被弄醒了。

「你是不是讀書讀傻了，一大清早在傻笑。」

唐智傑看着張恩樂，張恩樂也忍不住笑了。

兩個人很久沒有如此親密了，因為別人的閒言閒語，因為讀書的壓力，因為各自的遭遇，兩個人曾經疏離，曾經猜疑，但這一晚的酩酊大醉，一切又回復以前一樣。

唐智傑仍然很喜歡張恩樂，喜歡跟着他，以他馬首是瞻，張恩樂始終是他最好的朋友，當他有困難時，他相信張恩樂仍然會是毫不猶豫，為他擋一刀的好朋友。

張恩樂呢？

他向來都是頭腦比較簡單的人，他沒有唐智傑想得複雜，他只知道往後的日子，賺錢就是他成就的唯一目標。他要賺錢，賺好多好多的錢以彌補不能入大學的缺憾。

兩個人從此分道揚鑣，各有各的前途，將來他們的命運會如何？沒有人知道。

命運之神就在前面等着你們！

奔跑吧！
祂正向你們招手！

第二章

醫學院的生活很窘迫，唐智傑大學的蜜月期很快就過了，醫學院的生活不是一般人可以想像的，要讀的書實在太多，實驗也多，又要到醫院實習。在大學的幾年，其他學系的學生，可以搞搞學生會、出版社、劇社，再不就是泡女，尤其港大在市區，出去蒲吧「媾女」是好多港大男生的生活一部份。但唐智傑在「媾女」這方面的天份不高，興趣也不大，他有空的時候，最經常見的，還是兒時老友張恩樂。

「港大的女生是全港大學打扮最時髦的，你竟然入了寶山，空手回？」張恩樂說。「只讀書，不拍拖的生活，不是人過的生活！你不悶嗎？」

唐智傑只笑，不語。

這幾年的磨練，他跟張恩樂都不再是以前一樣的小孩了，唐智傑開朗了很多，因為在醫學院雖然捱得辛苦，但他一直是教授們的寵兒，他的成績一直不錯，大學裏，他覺得自己就像個身在未知國度的旅人，他充滿激情地過每一天繁忙而又充實的生活。大學生活也確是各有各忙，忙讀書，忙「媾女」，忙賺外快；沒有人有時間去理會其他人，每個人都是很獨立的個體，唐智傑在大學最大的收穫，除了是學問之外，就是得到全面的精神自由，他覺得自己終於完全解脫。

……完全解脫？

真的是完全解脫嗎？

過去的一切似乎已經遠去，但其實並不。那個晚上，他被林岳峰等人打過半死的一幕，那血流披面的樣子，就如一棵大樹的根，深深種入了他的內心和潛意識，即使過了那麼多年，他仍然經常夢到這一幕。一覺醒來，他混身都是冷汗，夢境總是如此的真實。在夢中，他甚至仍然感受到當時被打至渾身是傷的痛楚，每個傷口都像被火燒一樣的煎熬着，他彷彿……彷彿從來未離開過，仍舊停留在這裏。

唐智傑以為一切都已經過去，但過去似乎並未放過他，仍然像鬼魅一樣，在他沒在意的時候，突然出現。

至於張恩樂，他真的混得很不錯。

他的嘴本來就可以把天上的小鳥都騙下來，他的客人都很喜歡他。張恩樂比以前讀書時瘦了很多，輪廓更突出，更英俊。他從來都是風頭躉，即使當了地產經紀，他很快已經在行內打響名堂，尤其是他的女顧客特別多，女人對張恩樂來說是最容易不過的事，女人只不過是裝飾解悶，他沒有一個女朋友拍拖會超過半年，唐智傑笑他是一個不折不扣的浪子；他就說唐智傑的認真和矜持比女人更女人。

這個上午要上解剖學，早上十一時開始，唐智傑大約十時半已經走過大街到達醫學院。他走向解剖室先要走進一條又長又陰暗的走廊，牆是用兩種深淺不同的紅色漆油出來的，走廊上還有其他同學，他們來到一間門上寫着「解剖教室」的地方，唐智傑發現裏面已經坐了很多人，座位都是階梯式的，唐智傑剛進去，就來了一個校工，他先在教室中間的桌上放了一杯水，接着又拿了一個骨盆和左右兩根大腿骨進來。

教授卡隆先生進來了，他相貌英俊，一頭白髮，五官十分端正，他按照手上一張長長的名單點名，對大家說了一小段話，他的聲音很好聽，字斟句酌，似乎他也從自己這種仔細的遣詞用句得到某種樂趣。他推薦了兩本可以買的書，還建議大家去買一副人體骨骼。他談起解剖學，口氣中有掩不住的熱情，這是外科的基礎，要當上一個醫生，這門學問就是基本。

「你們還有很多乏味的東西要學，」最後他這麼說，臉上帶着寬容的微笑，「那些東西，你們一通過學期末期考試就會把它忘得一乾二淨，但是解剖這門學科，就算你們學了又丟掉，也比從來沒學過要強。」

他拿起放在桌上那塊盆骨開始講解，課上得非常好，清晰易明。

之後，卡隆先生要求同學到解剖室去實習一下，於是大家再穿過那條長廊，校工指示他們解剖室就在旁邊，他們一踏進解剖室，唐智傑馬上明白剛才在走廊上就注意到的那股刺鼻氣味是甚麼了。

他用手巾掩鼻，校工呵呵大笑了。

「你現在還未習慣？遲早你會習慣的。像我，早就不覺得有甚麼味道了。」

校工問唐智傑的名字，在名單上找了一下。

「你的大體老師——四號。」

每個醫科生一入學，都會分配到一位「大體老師」，學生就是用大體老師的屍體進行解剖和各種試驗。每個醫科生對大體老師都是非常尊敬的。

解剖室好大，上漆的方式跟走廊一樣，上半是鮮艷的鮭魚紅，下半的護牆板是深深的紅陶土色。房間長的這一側，每隔一段固定距離就有一張鐵製停屍台，和牆面成直角，停屍台像盛肉的盤子，每張台子上都有一具屍體，大部份是男屍。由於長期泡在防腐劑裏，顏色變得很深，皮膚看起來幾乎跟皮革一樣，每一具屍體都非常乾。校工把唐智傑帶到停屍台那邊。

「你是幸運的。」那校工說。

「為甚麼我是幸運？」唐智傑寫字條問他。

「一般學生都比較喜歡男屍，女性的脂肪太多。」那個校工說。

唐智傑看着那具男屍，手腳都瘦得不成樣子，肋骨浮凸，表面緊緊繃着一層皮。這個男人看上去六十歲左右，有點灰白鬍子，頭上的頭髮好稀少，雙眼緊閉，下顎凹陷，眼前的這具屍體也曾經是個活人，這令唐智傑覺得難以想像，一整排的屍體，就這樣的赤裸裸躺在這兒。唐智傑打了一個冷顫，覺得有點陰森恐怖。

他不是第一次看見死人。他跟他的大體老師已經「接觸」過好幾次，但每次唐智傑看着他的時候，總是忍不住想很多奇怪的東西，譬如：這位大體老師是何許人？他叫甚麼名字？生前做哪個行業？有沒有家人？為甚麼會當上了大體老師……云云。

解剖堂終於完了，唐智傑一個人沿着走廊一直走到校門，活人跟死人之間的距離遙不可及，彷彿是完全不同的物種，但在不久之前，這些屍體還在說話，移動，吃飯，大笑，但不久之後，他們已經動也不動的躺着了。突然有一個人的面孔閃過唐智傑的腦海，那個面孔已經很久沒有在他腦海出現，但一想到時，又是非常的深刻。那個人那對又乾又瘦的雙手，那對殺人的眼睛，稀疏的白髮，黑色的斗篷……是他！對！就是那個黑衣老頭——死神！

自從四年前的那個晚上，死神已經沒有再出現過，唐智傑已經慢慢淡忘了他，但不知為何，剛才在解剖室，他突然有一個感覺，覺得好陰森，眼前的男屍似乎勾起了他一些情緒，他猛然想起那個可以掌控生死的死神，死神曾經告訴唐智傑，只有人在死亡前最後一刻才會看見他……

「那……那個男人生前最後一刻，老頭一定是出現了！在那個男人腳後出現！看着他斷氣！」唐智傑想起死神讓他看到戴妃臨死前的一幕，死神就是冷冰冰的站在她腳後，看着一個活生生的人垂死掙扎，眼白白地看着她斷氣，一點憐憫都沒有。

唐智傑不禁打個冷顫。

「我們去找點東西吃怎樣？」寶兒追向唐智傑，唐智傑被寶兒這一叫嚇了一跳。

「你沒事吧？大熱天時，你的臉為甚麼發青了，你中暑了嗎？」寶兒伸手摸一摸唐智傑的額頭。她是唐智傑港大的同學，同樣都是醫學院學生。

「沒事。」唐智傑用手語說，他站在寶兒面前傻笑。

「那我們去吃飯吧！我的肚子餓扁了！」寶兒一手拉着唐智傑往學生飯堂那邊跑過去。

寶兒點了一個多士和一杯朱古力奶，唐智傑叫了一個牛肉三文治，兩個人並排坐着吃餐點，「你畢業之後，打算到公立醫院工作，還是到私家醫院工作？」寶兒問唐智傑。

唐智傑想了想，用手語說：「多數是公立醫院吧！私家醫院比較不會請我們這些剛畢業的新丁。」

「你說得是！如果你成績那麼好都是跑去公立醫院當醫生，那我更不用想了。哈哈！」

寶兒是一個開朗，沒機心的那類女孩，喜歡吃東西，身體有一點點肥胖，但她的眼睛又大又圓，笑起來有兩個小酒窩，是典型的甜姐兒。她跟唐智傑都是港大的醫科學生，在大學迎新營認識，寶兒第一眼看見唐智傑已經喜歡上他，寶兒是家中的孻女，很黏人，她老是喜歡跟着唐智傑，兩人又同是醫學院，修的科差不多都一樣，天天都出雙入對，其他同學都以為他們是一對。

「我希望盡快拿到醫生資格。」唐智傑說，眼睛望着遠方。他偶爾都會是這樣，若有所思的，寶兒有追問過他在想甚麼？但他每次都只笑不語。

「不知道她現在在做甚麼？」每次想起這個人，唐智傑都會突然沉默下來。

寶兒喜歡唐智傑差不多整個醫學院都知道的，唐智傑也當然知道。他有時也會暗暗把寶兒跟李芯比較，無可否認寶兒比李芯強十倍，她可愛，開朗，活潑，沒機心，也很聰明，個性率直，不像李芯陰沉，而且她誠實，善良；但最重要的是她愛他，能令他開心，跟她聊天很愉快，而且她對他很好，幾乎是一切都以唐智傑的利益先行。唐智傑心裏是很清楚的，誰能跟寶兒一起都是幸福和幸運的。

遇到寶兒之後，唐智傑才明白，為甚麼老人家總是說：千萬別愛上一個把你當是一般人的人。

如果你愛的人只把你看成一個普通人，那肯定他並不愛你。

直到很久很久之後，唐智傑才明白跟自己深愛的人一起，怎可能是冰冷的？只有被愛才會被重視，被重視是一件很有溫度的事情。

跟寶兒一起，他沒有緊張，沒有七上八落的心情，他很從容很自然，很舒服……但，為甚麼李芯還是不斷在他腦海出現？

唐智傑也搞不清。

大學的生活忙忙碌碌，七年大學生活已經近尾聲，唐智傑畢業後在公立醫院當醫生，新人一般都是被派當夜更的，唐智傑這晚有點累，他已經連續上班六天了，香港的醫療人手一直是短缺，而且公營機構賺得不多，不少醫生有點經驗和名氣之後都紛紛轉向私人執業。

「其實我認為香港應該開放八間大專院校都有醫科，而不是單單中大和港大，」冼紀華說，「我不認為醫科是才子才可以讀！讀醫不需要一個特別的腦袋！而且很多醫生其實都很平庸。」冼紀華也是醫生，他比唐智傑早出道兩年，他出名是口才了得，而且直話直說，時時批評醫療制度的不合理和不足。

「如果其他大學都有醫科，那醫療界根本不會如此人手短缺，我們就不用六天沒假放了！」

唐智傑笑，他加入了這所公立醫院之後，跟冼紀華最親近，他一直認為這位冼師兄從政更適合。

他們幾個醫生和護士正在講笑之際，突然間外面傳來救護車的警鈴聲，醫院不斷有人叫：「讓開！讓開！先給他們止血吧！」

大家一時間搞不清楚發生了甚麼意外，只見醫院突然變成人山人海……

「為甚麼星期日傍晚時分醫院會突然那麼多人？」

「真的大吉利是！」

「是車禍！」

推入來的病人很多都是嚴重受傷，唐智傑當醫生以來這幾個月，今晚是第一次看到突發的大型事故，他先是呆了一呆，定一定神後，馬上加入救援行動。他看見傷者都流了很多血，彷彿他們的生命力也慢慢在流走。

那個晚上在沙田馬場附近發生了一場恐怖的嚴重車禍。

一架載滿人的巴士由沙田馬場開出，下斜路期間突然失控，撞向隔離線的的士，那個晚上一直下着毛毛雨，地滑，的士後面的私家車又開得太近，結果三車迎面連環相撞，巴士翻側，當場死亡的有十五個人，傷了四十個人，傷者分批送去了不同的醫院，其中接收最多傷者的，就是唐智傑的醫院。

都說開車不要開得太快，不要跟車太貼，尤其是下雨天。

可是後悔已經太遲了。

唐智傑一直在急症室幫忙，不斷看見有人被推進來又推出去，「Clear! Clear!」冼紀華緊張兮兮地發號施令，「馬上輸血！」

「馬上跟他做手術，他內臟撕裂在大量出血。」是主任醫生的聲音。電視劇《On call 36 小時》也不完全是老作的，急症室真是千鈞一髮，緊張兮兮的。

「這個傷者頭骨破裂，馬上 call Dr Chan 回來，不能等了，要馬上開刀。」

醫院一下子變成了血肉戰場。

當每個人都全神貫注地救人時，唐智傑忽然看到一個黑影掠過，他正在為一個中年男人急救，那個男人滿臉都是血，黑影竟然出現在那個男人腳後。

唐智傑跟那個黑影四目相投。

那個黑影目不轉睛的看着唐智傑，那時候冼紀華緊張兮兮地走過來，「Clear! Clear!」但是任由他們如何努力，那個男人還是救不了。

「他死了。」冼紀華雙眼通紅，筋疲力盡。

他竟然完全看不到那個黑衣人。

唐智傑知道這個男人是救不回的，肯定救不回……因為死神來了。

六年不見，別來無恙。

死神還是那個模樣，一樣的陰森恐怖，他果然沒騙唐智傑，只要他出現，那個人必定神仙難救。

「唐醫生，快過來！幫手看看這個病人，他的瞳孔在放大……」

唐智傑看那個死神並沒有走向這個病人，而是往手術室的方向去了。

唐智傑知道死神的目標不是這個女人，當其他人以為這個女人死定時，因為傷者太多，醫護人手不夠，其他醫生唯有轉頭去救其他病人，唐智傑知道，他一定可以把她救回來。

結果，唐智傑救回了這個女人。

那個晚上，他們一直忙到深夜，被送來唐智傑這所醫院的大概十幾人，三個人返魂乏術，五人要在深切治療部，其餘相對輕傷留醫。

唐智傑忙了一個晚上，連一口水都沒喝過，當他忙完剛坐下來時，他看見寶兒的死黨陳靜一臉眼淚的跑進醫院跟唐智傑撞到正。

「唐智傑……」陳靜哭到有點氣喘，「你在就好了，你在就好了……寶兒媽媽和寶兒剛剛車禍被送到這間醫院……你有看到她嗎？」唐智傑嚇了一跳，因為剛才忙着救人，他根本不知還有甚麼人被送入醫院。被陳靜這一說，唐智傑也急瘋了，他跑到詢問處一問，原來她也是剛才被送入院的。車禍的其中一位傷者確是寶兒。

她被送入了 ICU，現在情況危急。

「剛才寶兒媽媽和我們一家都在馬場，賽事完了，我們各自離開，我們回到家看到新聞才知道出了這樣嚴重的車禍……」陳靜哭成淚人一樣，「我打了寶兒的手提電話很久都沒有人聽，我知一定是出事了。後來看到新聞，看到那架私家車……嗚嗚……」

唐智傑馬上拿起寶兒的病歷看，病人昏迷，內出血，他心知不妙。

「寶兒怎了？她會醒嗎？」陳靜一邊哭一邊問。

唐智傑知道寶兒情況很壞。他的心沉了下來。

「寶兒爸爸還在日內瓦開醫學會議，他明早會第一時間趕回來。」原來寶兒的爸爸是馬亨，他是全港最大的私家醫院院長，在醫學界是響噹噹的人物，整個香港沒有一個人不知馬亨。

原來寶兒是馬亨的幼女，是名副其實的千金小姐，但她一直沒有告訴唐智傑她的家庭，沒有告訴他她的父親是誰，而且寶兒平日打扮非常簡單，也沒有千金小姐的架子，但她的身份確是嚇了唐智傑一跳。

唐智傑本來可以下班，但因為寶兒，他也沒有回家，只是在醫院沖了個涼，換件衫，他一直陪在寶兒身邊。

寶兒這些年來一直陪在他身邊，跳跳紮，他從來沒有想過跟寶兒將來會怎樣怎樣，但今次他知道寶兒情況很嚴重……他是有可能……有可能失去她的，真的可能失去她……唐智傑感到心痛，好似刀割一樣，他不明白這種心痛是甚麼意思。但他知道他會盡他一切方法去救活她，一切方法！

明明她昨天還好好的，今天竟然生死只差一線……

生命就是如此脆弱，人生就是無常。

作為醫生，人家依賴他們救人，但是他們自己卻知道，他們可以掌控的其實非常少。

唐智傑知道，此時此刻能掌握寶兒生死的，只有一個人。

他要去找他。

唐智傑一個人跑去了ICU，已經是深夜時分，只有護士在當值，四周都很靜，唐智傑在長廊上看到了他。

不是唐智傑找到他，而是死神在等唐智傑。

「我終於找到你了！」唐智傑說。

「唐智傑多年不見，別來無恙吧！恭喜你終於當了醫生！」死神說話了。

「還記得我們的約定嗎？」

唐智傑想起李芯，本來他是要找死神晦氣，把李芯的情況問得清清楚楚，但他猛然想起寶兒，目前寶兒的性命才是最重要的！

唐智傑本來剛起的怒火忍住了，他聲音顫抖，「寶兒，你……你可以救她一命嗎？她的情況……好……差，我怕她會不成。」

唐智傑的眼睛充滿了哀求。

死神大笑，「唐智傑呀唐智傑！你現在還不明白？我救不了任何人！世界上每個人的生死都是一個定數，到了某個時間，他們不想走，也要走。我幫不了誰！也救不了誰！」

死神走近唐智傑，「這個世界所有的意外，應該説這些你們人類以為是意外的，其實都是安排。」

「都是安排？你意思今天的車禍是早已安排？」

「是！今日的車禍上的人似是大家互不認識，但其實他們之間是有關連的，冥冥中就有個大枷鎖把他們所有人鎖在一起，這班人然後糊裏糊塗坐上這班車，然後衝下斜路……這個是他們的定數，誰也改變不了！」

「那寶兒呢？她跟她們素昧平生，況且她的車只是在她們後面的……」唐智傑又是激動又是難過。畢竟說到底是十幾條人命啊！如何可以好像死神一樣冷血？

「寶兒為甚麼會出這次意外？將來你自然會知道，」老頭冷笑了一下，「但你可以放心，死亡名單裏沒有她。」

聽到沒有寶兒，唐智傑馬上鬆了口氣。

「唐智傑，只有你可以救醒她，你自己等着瞧吧！」老頭擰轉頭，「還有……你不是一直想找我晦氣的嗎？」死神格格聲笑起來，他所有都知道，包括唐智傑的心思。「唐智傑，今後發生的一切，都是你的定數。你不用找我，時候到了，我自然會來找你的！」

死神在長廊上消失了。

「是我的定數？」唐智傑倒抽一口涼氣，背脊都是冷汗，死神說的定數，到底是甚麼意思？唐智傑一下子覺得渾身無力，他對那個未知的將來覺得越來越恐怖，到底將來會發生甚麼事？他很想知道，卻無能為力。

他一個人坐在長廊上，坐了很久，剛才跟死神短暫的對話，讓他覺得用盡了全身的氣力，好一會他才慢慢恢復過來。

他整理自己的思緒：目前沒有甚麼比寶兒更重要，死神說只有我才可以救醒她……那我更不可以有半點差池，我一定要盡全力確保寶兒周全。

想到這裏，一股無比的勇氣在他身內燃燒，擊倒了剛才的恐懼。

不論將來如何，救醒寶兒是當下他唯一要做的。

突然間 ICU 病房內傳出一陣混亂聲，護士緊張兮兮地叫：「Dr Cheung 回來了嗎？急 call Dr Cheung 回來，病人馬寶兒又再大量內出血。」

唐智傑聽到是寶兒的名字，他的心已經快要跳出來，他跑到 ICU 寶兒的病房，他仔細看寶兒的病歷，她是因為車禍時撞擊，肝臟嚴重受傷導致肝部附近大血管破裂，出現難以控制的大出血，這種情況很容易死於失救，他知道不能再等了，他決定自己幫寶兒動手術。

「等不了 Dr Cheung 了！馬上準備手術！」他心急的拍打着手去發號施令。

憑他的專業知識，他知道，寶兒的生死就在這瞬間。

寶兒被推進手術室，全民戒備，唐智傑表現出奇地鎮定，他是一個醫生，他的天職就是救人，他不可以讓無辜善良的人白白失去生存的機會，他一定要救活寶兒。

唐智傑第一次真正進入手術室，但他的表現好老到，好似一個老手一樣，他為寶兒先抽走腹腔內積血，然後再清除壞死肝組織，再後就是引流。手術做了三個多小時，寶兒終於沒有再內出血，她的情況穩定了。

真是不幸中的大幸。

誰也想不到是一個新丁救活了馬亨的女兒！

肝臟手術是相當複雜的大手術，本來應該是由有經驗的外科醫生處理，但這個晚上就是奇怪，所有有經驗的外科醫生不是不在香港，就是找不到人，最後手術落在唐智傑手上。

因為這個手術，新丁唐智傑聲名大噪！

加上病人是馬寶兒，是馬亨女兒的關係，這個新聞實在太有新聞性，唐智傑的名字不單止在醫學界一夜成名，人人嘖嘖稱奇，說他是醫學界的新星，有料兼冷靜；還有娛樂新聞都對唐智傑非常有興趣：「年輕啞子聖手，妙手回春救回馬亨女兒！」

唐智傑一下子成為了全港政經、娛樂新聞的寵兒。

無可否認，他可以被人炒作的話題太多：又是才俊，又是啞巴，對比太大，非常勵志；另一方面，又好juicy，因為對方是馬寶兒，如假包換的名流富二代，好一個灰姑娘的故事。

當灰姑娘的，當然是唐智傑。

唐智傑終於嘗到真正的榮寵。

所有鎂光燈都照向他。

他一直渴望得到的尊重，被重視，他終於都得到了！

他苦盡甘來。

死神答應給他的，今天終於來到了。

幾經辛苦，嘗過了多少白眼，今天唐智傑終於真正的出人頭地。

這一次意外後，馬亨已經把唐智傑看為自己的女婿，他最寶貝就是這個幼女，唐智傑有本事在千鈞一髮間，把她由死神手中搶回來，他本來就已經感激不已；加上唐智傑這個年輕人，馬亨觀察了他，唐智傑老實善良，讀書成績好，臨危不亂，沉着冷靜，本來已經是當醫生的難得人才；加上唐智傑一表人才，除了不能說話之外，以馬亨縱橫江湖幾十年，閱人無數，他知道唐智傑是個不可多得的人才，單是這點，他決心要把他據為己有。更何況，他知道寶兒喜歡唐智傑喜歡到不得了，而且這份愛意及仰慕之情，在唐智傑救她一命之後，寶兒基本已經認定非唐智傑不嫁了。

馬亨很滿意女兒的眼光，他也認定了唐智傑是他的接班人，他將全心全意栽培這個未來女婿。

唐智傑的風光日子終於來了。

馬亨把唐智傑招攬到他的私家醫院，人人都知道這人是馬亨的未來女婿，所有待遇都不一樣。馬亨提名唐智傑加入了不同的政府和醫學界的委員會，唐智傑做夢都未想過他可以接觸這些人，委員會內不是鼎鼎大名的大醫生、富豪，就是高級政府官員；唐智傑一下子，連生活圈子都不一樣了，他已經是上流社會的一分子。

有誰想過，一個中下家庭的小子，一下子可以上升到上流社會？一般人，努力一輩子都不一定可以躋上上流；但唐智傑一次機會已經飛上枝頭變鳳凰。他成了醫學界的風頭躉，是年輕一輩的偶像。

人脈在這個社會是致勝關鍵，因為馬亨的關係，唐智傑事業發展得更得心應手，馬亨為唐智傑打開了很多門，短短一年多，唐智傑手上的病人，不是高官富豪，就是名人明星。

唐智傑成了出名的外科醫生，他還有一個叫人嘖嘖稱奇的能力，就是傳聞中：他能知生死。

醫學界和上流社會中間有個傳聞說，有一個在港澳都很有勢力的人士，他是做賭場起家的，他年紀超過九十歲，早前在家裏突然中風，被送去唐智傑的醫院，腦科專家會診，情況嚴重，他的家人全部趕到醫院，大家都認為老人家已經命懸一線，凶多吉少，只有唐智傑一口咬定老人家一定沒事，而且還判斷他可以恢復五成的基本生活能力，當時那些腦科專家認為不可能，結果呢？竟然是唐智傑的判斷正確。他令所有人都跌眼鏡，一地都是眼鏡碎。

一個新人可以有這個本事，真是不得了！

這老人的一家是港澳地區勢力非常大，他們在這一次之後，簡直把唐智傑當成神一樣，不斷介紹知名病人給他，唐智傑的人脈網絡就像雪球一樣越滾越大；唐智傑的名字，他的能力在政商界，富豪圈更是無人不知。

事實上，唐智傑已經不只一次令人大跌眼鏡，之後好多次，他說能醫的，都可以被醫好；他說不能的，沒有一個可以救活。

因此，人人都說唐智傑不是一般醫生，他是有預知生死的能力。

沒有人知道當中的秘密，只有唐智傑最心知肚明。

那個人說過，要讓他成為最厲害的醫生，讓他知道生死的秘密。

那個人真的做到了！

「大家都說你有預知生死的能力，真是那麼神奇？哈哈！」馬亨拿着一杯威士忌對唐智傑說，「阿傑，你不會真的知道生死吧？」

馬亨這晚有點喝醉了，他把唐智傑叫到他淺水灣大宅吃飯，寶兒跟她媽媽和姐姐都在，雖說是家常便飯，但馬亨做事一向深思熟慮，他找唐智傑來，其實是有話要對唐智傑說的。

「阿傑，這兩年你的表現令我非常滿意又吃驚，想不到你可以在短短時間裏做得那麼出色，你真是一個不可多得的人才，」馬亨看着面前那張年輕的面孔，才那麼年輕，已經有這樣的成就，他不禁嘆一口氣。「真是江山代有人才出，阿傑你確是青出於藍。」

唐智傑這晚也很高興，他跟馬亨喝了不少威士忌，他以前很少喝酒，唯一喝酒的伴兒是張恩樂，但自從成名以後，他多了很多很多應酬，社交應酬喝酒是難免的，但酒量還是很小。

「多謝你一直以來的支持和栽培，如果沒有你，也沒有今天的我，」唐智傑用手語說，他對馬亨是非常尊敬的。

「哈哈！年輕人懂感恩是好事！但你也不要太謙虛，金子總是會發光的！就算沒有我，你出人頭地也是遲早的事，遇上我，只是讓你走快一步而已。」馬亨停了一停，「又或者說，是我走運遇上了你，找到你這樣一個繼承者，這樣一個好女婿！」

這是馬亨第一次開口叫唐智傑做女婿，雖然唐智傑知道馬亨對他的另眼相看，多多少少是因為寶兒的關係，但他從來沒有說出口，但原來一說出來，「女婿」這兩字很有份量，很有壓力。唐智傑的笑容收起了很多。

馬亨當然看得出唐智傑的反應，他溫柔地笑了，「哈哈！年輕人的事我這個老頭還是少管為妙，你們有自己的想法，」他看着唐智傑的眼睛，「但是我確是很感激你救了寶兒，這個女，自小很懂事，很純良，她很喜歡你，我想只要是有眼睛的，都不會看不出。但是，你們年輕人有自己的盤算，我明白的，我也不要多事，」他停了一停，「但如果我們可以成為一家人，我會是很高興的。」

馬亨是一個很會做人的人，說話點到即止。他不要給唐智傑壓力，但他的意思，也讓唐智傑聽得很清楚。

唐智傑由馬亨的書房出來，走到大廳時，寶兒在後面叫住了他，「阿傑，」她一如以往一樣，臉上滿是笑容，有一對很深的酒窩，她的笑容很好看，唐智傑有時候看着寶兒會看得入神，她像一個潔白無瑕的天使。

「剛才爸爸跟你在書房談甚麼？」寶兒一邊笑一邊問，「你們談了好久，我本來想走進來的，但媽說，你們師徒有要事要談，叫我別打擾。你們談甚麼呢？」

唐智傑只笑，不語。

「你每次都是這樣的，只是笑又不告訴我。」寶兒撒嬌起來。

「好了好了！我聽到有人在做八卦，向阿傑撒嬌。」說話的是馬亨。他剛由書房出來，寶兒跟唐智傑的對話，他都聽到了。

寶兒被馬亨一說，臉都紅了。

唐智傑離開馬亨的大宅時已經很晚，他一個人開車回家，一路上他都在想馬亨跟他說的話，他也在想寶兒，他踏進大學那天就認識寶兒，不知不覺已經九個年頭，他對寶兒非常了解，她是一個單純的女孩，學問、家世樣樣都好，最重要的是她對他很好，本來她一直就已經很好，尤其在那次意外之後，寶兒更加依賴他；而唐智傑也差不多成為了寶兒的私人醫生，他一直跟進寶兒的病情。而寶兒對他既是愛，又是崇拜，又是尊重，唐智傑知道他是寶兒的全部。

對於寶兒，唐智傑認真在想跟她之間的一切一切，他喜歡跟她一起，因為她熱情、開朗，她永遠有很多有趣而唐智傑從來沒有想過的故事告訴他。她不用唐智傑去猜她在想甚麼，愛他還是不愛他，她是很明確讓他知道她愛他，她是一個勇敢的小女人，她是愛就愛到底的人。而且因為救了寶兒一命的關係，馬亨對他另眼相看，把他看成自己人一樣。跟寶兒一起，他的前途就是平坦直進。

唐智傑想到這裏，深呼吸了一下，換上是其他人，肯定不用考慮。

但他是猶豫嗎？

猶豫甚麼？

他到底還在考慮甚麼？

這樣美好的一切在面前，他要猶豫嗎？

是因為她麼？

真的是因為她麼？

不經不覺，當年那個冰冷的女子已經離開了他九年多了，九年來她了無音訊，這九年以來，他曾經回去聖彼得和用其他方法打探李芯的下落，但她就好似在人間蒸發一樣。他九年來都找她不到，一點消息都沒有。李芯這個傷口似乎已經慢慢癒合，或者時間確是可以把所有的傷口都治好，李芯令他心痛的感覺雖然仍然存在，但比較以前，他已經可以控制得好好，刺痛的感覺越來越少了。李芯的影子開始在他的腦海裏慢慢褪色，他有時也覺得她的面貌已經有點模糊，他知道他開始在忘記李芯，雖然他也沒有想過她會佔據他的心那麼多年。

但是過去的已經過去。

應該是讓它過去。

他告訴自己。

「也許我真的是時候重新來過，」唐智傑把頭浸入水，他在泡熱水浴，「李芯也應該一早忘記我了。」

相愛何其短，遺忘又何其長。

好吧！就重新開始！

唐智傑跟自己説，從今以後要好好愛護寶兒，因為她是一個很值得愛的女人。

唐智傑終於鼓起勇氣約會寶兒了，唐智傑主動約寶兒行街食飯。雖然這些都是微不足道，但唐智傑已經是向前行了一大步，因為他自李芯後未對任何女仔主動過，對於唐智傑的改變，寶兒是又驚又喜。

那個晚上是寶兒生日，唐智傑在酒店訂了燭光晚餐，寶兒平日都是T袖牛仔褲，這晚她刻意打扮，化了一個淡妝，梳起了頭髮，穿了一條米白色的長裙，她的身材比較豐滿，穿上長裙更玲瓏浮凸，那個晚上他們開了一支紅酒，一邊食，一邊飲，飯未食完，寶兒已經雙額紅紅，有點微醉。

在微光下的寶兒確是一個小美人。

晚飯之後，他們去到酒店的頂樓，那裏有一隊爵士樂，唐智傑很喜歡音樂，他從小就對音樂有興趣，他喜歡聽人家唱歌，如果他不是天生啞巴的話，他一定也喜歡唱。

「我們跳舞吧！」寶兒半醉的把唐智傑拉入舞池，唐智傑有點束手無策，他性格比較含蓄，跳舞不是他強項，但他不介意陪寶兒跳舞，寶兒不斷地擺動身軀，她的姿態誘人，她不經意的把身體挨向唐智傑，唐智傑有點生硬，面紅，但他也不禁抱緊寶兒。

他們的身體互相緊貼對方，唐智傑感覺到寶兒的心跳和體溫，他有點昏眩了，他從來沒有這樣跟一個女性的身軀如此接近，寶兒火熱的唇貼上他的唇，寶兒主動吻了唐智傑。唐智傑不由自主的回應着，兩人完全忘記身邊的人，好像整個世界就只有他倆。

他們在舞池上跳了一整晚，一直到深夜，爵士樂的主音歌手用菲律賓式的英文跟他們說：今晚是寶兒小姐生日，祝你倆永遠幸福快樂！送你們最後一支歌。

音樂又響起，寶兒把整個人都陷入唐智傑懷裏，她閉上眼睛說：「唐智傑，我愛你。」

唐智傑是清楚聽到寶兒表白的，但當時他假裝聽不到，不作聲，也沒有回答，他只是把寶兒緊緊擁在懷裏，他摸摸她的頭髮，他知道如果換了是其他男人，在這個情形下，也一定會向這個女人表白，但是唐智傑就沒有出聲，他的心裏突然有一種不確定的感覺。

剛才所有的情景都令他差點不能自拔，寶兒的美態，她的癡情，都令人難以抗拒，他也陶醉了，他也昏眩了，但當寶兒說：我愛你的時候，他卻立刻清醒過去。

我愛你，這三個字彷彿是一種承諾。

承諾他的心從此以後，只有寶兒這個人。

但他的心，真的只有寶兒？

跟寶兒說一句：我愛你，有這麼難嗎？

為何不說？

因為唐智傑知道雖然自己對寶兒非常有好感，也決心跟她一起，但是喜歡是喜歡，愛卻還未到。

他不敢承諾。

有些人可以隨便說一千句「我愛你」，但有些人一生人也未必會講一句。

唐智傑是後者。

他太謹慎。

那還欠甚麼嗎？

唐智傑自己也不知道欠些甚麼，但就是這句「我愛你」，他還是未能夠開口說出來。

幸好寶兒這個女人不纏人，沒有追問唐智傑愛不愛他云云，否則今晚一定掃興。

唐智傑送寶兒回她淺水灣大宅，寶兒離開時，拖住了唐智傑：「你以後還陪我過每一個生日嗎？」

唐智傑微笑，點頭。

寶兒滿足了，她過了一個很難忘的生日。

跟自己愛的人一起，當然是幸福的。

唐智傑回家發了一個短訊給張恩樂，他已經好幾個月沒見這個老朋友了。

他們約好在上環那個大牌檔見。

就是那個九年前大家說好了分道揚鑣以後，大家都一定要出人頭地的那個大牌檔。

唐智傑和張恩樂是常客，老闆娘每次都留個好位給他們。

「你們兩人很久沒來了！」老闆娘還是那個模樣，聲音雄亮但白頭髮已經多了很多。

「是他！」張恩樂一邊倒啤酒，一邊帶笑指着唐智傑說，「這個大醫生貴人善忘，哪有時間見我這個小人物！」

唐智傑笑了，他們的確有四、五個月沒見了。每次約好了，爽約的都是唐智傑，次次不是因為有突如其來的事故，他不能來；就是坐了一會就被 call 回醫院去。

「阿傑，你瘦了很多呀！你救人之餘都要保重自己身體呀！你看你比上次來時，瘦了一大圈。」老闆娘一早已經當他們是自己人。第一次看見他倆時，他倆喝到半死，又叫又跳，她以為他們又是那些不長進的青年人，後來唐智傑當上了大醫生，老闆娘看報紙知道唐智傑的本事，原來就是當年的小夥子。他們這些年來，久不久就到這個小店來，有大醫生光顧，老闆娘都覺得很有面子。

「是我錯！是我錯！我先自罰飲三杯。」唐智傑一口氣喝了三杯，張恩樂一邊指手一邊叫：「好好好！」

「你的新聞我都看到了！」張恩樂拍拍唐智傑的肩膀，「你真是叻仔！在聖彼得時，我已經知道你是叻仔，你比我出色，我真心為你高興。」

唐智傑搖搖頭，「兩兄弟不要說這些，如果不是你，我在聖彼得的日子都不知怎捱過去。」

多年的交情，唐智傑在張恩樂面前是最放鬆，最不需要修飾，他在最差的時候認識最好的張恩樂，張恩樂一直對他不離不棄，兄弟不說客套，只講最心底的說話。

「我有一件事想問你意見，」唐智傑慢慢用手語說，他的神情也嚴肅了。

張恩樂也收起了剛才的輕率笑容，唐智傑好少有事請求，他知道應該是很困擾他的事。

唐智傑把寶兒和馬亨的事都告訴了張恩樂。

「你考慮甚麼？猶豫甚麼？這麼好的一個女孩，還有她的背景那麼好，爸爸又是馬亨，你知不知道他對你的事業幫助會有多大？」張恩樂說。「我明白你不是因為馬亨才喜歡寶兒，但我聽你說她的為人，就是她對你千依百順這一點已經難得！你知不知現在的女孩子，很多都很有機心的，像寶兒一樣單純的很少。」

張恩樂說的都是道理。

其他人說唐智傑不一定能聽入耳，但張恩樂說的，他很信服。

「你是在猶豫嗎？」張恩樂問。

唐智傑嘆了口氣，沒說話。

「是為了誰嗎？」

唐智傑看着張恩樂的眼睛，這麼多年以來，他從來沒有在誰面前提過她，她一直若即若離，似有還無，令人千頭萬緒，不知從何說起。況且，唐智傑也沒有可以傾訴的對象：誰會對當年的唐智傑有興趣？更何況是他喜歡的人？

「是誰……她是誰？」張恩樂提高了聲，也緊張起來，「難道……是李芯？真的是她嗎？」

唐智傑喝了一口啤酒，點點頭。

「天呀！是幾多年前的事呀！這個女孩的樣子我都記不起了！你還惦記着她?!」張恩樂對唐智傑的癡情莫名其妙。

「你們讀書時也沒有甚麼……我意思是你們沒有真正一起過，是嗎？」

唐智傑搖頭。

其實唐智傑自己也很清楚，他跟李芯的確是甚麼都沒有發生過，沒有拖過手，沒有接過吻，也沒有上過床；是其他人眼中「甚麼」都「沒有」，但他就是愛她，她是他的全部，身體沒有接觸過，但他的心卻被她佔據了。

愛情需要原因的嗎？

不需要吧！

愛和不愛都是沒有原因的。

還是那句：愛是一種嚴重的心理殘疾。任何人都解釋不了。

「你就當是初戀吧！所有的初戀都注定是失敗的，」張恩樂一邊倒啤酒一邊說，「作為兄弟，我告訴你，你面前的寶兒才是活生生的，她就是那麼真實的在你面前，她對你好，你是感受到的；這樣一個真心真意，又在事業上幫到你的一個伴侶，你是幾生修到才能遇上，不要再把自己困在過去。」張恩樂很認真地對唐智傑說，「聖彼得的日子已經過去，回不來了，我們也不要它回來，對嗎？」

對的！

「你如果真的不要寶兒，我要！到時你不要後悔！我一定不會讓愛的……你知道我向來對女人都很有辦法，沒有一個女人逃得出我掌心！」

張恩樂做出一個獰笑的樣子，引得唐智傑哈哈大笑！

「我認真的，阿傑，不要再把自己困在過去，李芯早已經不在了，不要為一個不存在的人令在身邊愛你，一直默默為你付出的人傷心難過。」

唐智傑大力點頭。

從小，張恩樂的說話在他心裏都是很有份量的，有着張恩樂的鼓勵和提醒，他找到了方向，他已經下定了決心：寶兒，你是我今生所愛，我決不會放過你。

「我們多麼需要另一個靈魂來倚靠，另一具肉體以取暖。歇息，信任；篤定地給出你的靈魂：我需要，我需要一個讓我傾注自身的人。」——Sylvia Plath

經過這晚，唐智傑整個人都輕鬆了很多，張恩樂告訴了他，擺在他面前以後只有兩件大事：

一、做好自己的事業，

二、好好愛寶兒。

事業，愛情已經唾手可得，不用再尋覓。

以後就好好經營。

上天確是對唐智傑不錯，人生兩件瑰寶，他已經擁有。

唐智傑決定開始他人生的新一頁，裏面會有馬寶兒的名字。

他倆開始約會，就如一般情侶一樣，唐智傑也不再介意介紹寶兒是他的女朋友，每次出去應酬，出席大大小小場合，他倆總是十指緊扣，唐智傑和馬寶兒也成了ball場新貴，每次兩人出席時，必定引來不少傳媒採訪，他們已經是公開公認的一對，馬亨看到這個「進展」，心裏都是說不出的恩惠，他認為是他的「提示」起作用了，總之，他對唐智傑的「積極回應」非常高興，但他還是希望「打鐵趁熱」，兩個人拉埋天窗，他就放心了。

一切都如此美好。

這天的天氣好好，唐智傑坐在辦公室看着窗外的藍天，他的心情特別好。過去多年，他心裏的所有負擔，在決定和寶兒一起後，就減輕了很多，他知道這是人生的新開始。

突然有人緊急的拍門呼叫：「唐醫生！唐醫生！」

唐智傑的心一沉，他知道一定是出了甚麼事，「唐醫生，有一個病人的情況一直很穩定的，但他的血壓半小時前突然急降，我們找不到原因，這個情況很不尋常，病人的情況現在很危急……」

護士長陳姑娘的話還未說完，唐智傑已經趕出門口，她快步跟上。她習慣一邊走一邊簡明扼要的把病人資料告訴唐智傑，讓他可以爭取時間辨症。曾是手語導師的陳姑娘已跟隨唐智傑數年，是他最得力的幫手，她熟識唐智傑也樂於協助他向病人解釋病情。

「唐醫生，這個病人叫林岳峰，二十八歲，因為石油氣爆炸二級燒傷，主要是左邊臉及左邊身……」唐智傑突然停下了腳步，那個人叫「林……岳……峰」！

這三個字震動了他的神經。

林……岳……峰！

竟然是他！

一個久違了，但從來未忘記過的名字。

唐智傑走到林岳峰病床沿，一大幫醫生正為他搶救。對於林岳峰能不能被救活，唐智傑完全不在意，説實話，他恨不得他死！他對林岳峰的恨從來沒減退，半分都沒減退，更加沒有忘記林岳峰曾經對他做過的一切，不報仇不是因為沒有恨，只是一直沒機會。

「想不到，多年不見，你竟然落得如此下場！

「活該！真是活該！

「君子報仇十年未晚。

「中國人真有智慧。

「機會就在眼前。」

唐智傑不住的在心裏盤算。

正在搶救的醫生看見唐智傑時，眼睛都閃了光，因為唐智傑從來未試過失手，他們以為救星來了，誰知唐智傑這一刻完全忘記了作為醫生的道德，他一心只想見見這位「老朋友」。他看着二級燒傷的林岳峰，他頭部包着紗布，傷口仍滲着血水，唐智傑深知他傷勢不輕。唐智傑忍不住冷笑，打從心裏的笑出來，看着床上的林岳峰，奄奄一息的——他彷彿看到那個恐怖晚上的自己。

……唐智傑被打到渾身都是血，半死的躺在地上，「走吧林岳峰，再打會出人命的，快走了。」這是歐伯仲的聲音，可是林岳峰還是不肯罷手，他打碎了玻璃杯，還想用碎片擲向唐智傑，當他想走向唐智傑時，他被地上的耶穌像絆到，失了重心，整個人撞去枱邊，枱翻了，枱上的雜物和玻璃都倒在唐智傑身上，唐為了避開，用力向左邊牆角擰過去，結果他左邊臉和頸都被散在地上的玻璃碎片割傷，面上的傷口還割得好深。

這些年來，唐智傑一直都想不起他左邊臉是如何弄傷的，但在這一刻，他終於看(想)到了。

原來就是林岳峰！

好狠毒呀！

由唐智傑轉校以來，林岳峰就一直視他為眼中釘，因為他，唐智傑受了不知多少的屈辱和皮肉之苦！即使今天他已經是一位萬人景仰的大醫生，但過去的陰霾仍然纏繞他，很多時候，他午夜夢迴，彷彿又回到過去，回到那一個晚上，每次他都是被嚇醒，渾身都是冷汗。

風水真是會輪流轉的。

唐智傑抬頭，看見一個黑影，冷冰冰的站在林岳峰腳後，對於這個黑影，他並不陌生。

死神來了。

今日真是好日子，真熱鬧！所有的「老朋友」都到齊了！

死神既然已經來了，他知道林岳峰必死無疑，唐智傑要所有醫護人員離開病房。

「唐智傑，我今天要帶這個人……」死神冷冰冰地說。

「他會下地獄嗎？」唐智傑盯着奄奄一息躺在床上的林岳峰。

「我只是來帶他走，他上天還是下地獄不是我管的事。」死神走向林岳峰。

「我們來做一個交易」唐智傑呼吸急速，他有一個瘋狂的念頭，唐智傑眼睛轉向死神，「我要他活下來！讓他生不如死，讓他活生生的，嚐盡被人鄙視、被人嫌棄的種種折磨。」

死神用他有如利劍的雙眼死盯着唐智傑，唐智傑有點害怕，但他已經控制不住自己，他報仇的慾望太強了，直把他的理智都埋沒了，「讓他多活一回，只是一回，之後你隨時可以帶他走。」

死神沒作聲。

「把他的聲音給我！」唐智傑已經陷入瘋狂，他走向死神，「把他的聲音給我！讓他代替我成為啞巴！」

「唐智傑，你知道這是不可能的……」死神說。

「可能的！沒有違反你的原則，他一樣會死，只是遲一點，遲一點，讓他嘗嘗做啞巴的滋味！」唐智傑竭嘶底里，「我知……我知你要我用一件寶貴的東西交換，我可以！我可以的！你要甚麼？」

死神默不作聲，四周都一片死寂，只有唐智傑急速的呼吸聲，突然間，死神冷冷的大笑起來。

「好！唐智傑，我答應你！如你所願，我讓林岳峰多活一會，他從此會成為啞巴，而你將可以開聲說話。」

唐智傑歡喜若狂，終於可以以其人之道還以其人之身，「那你要我用甚麼來交換？」

「用甚麼交換？」死神格格大笑，恐怕這就是塵世中最可怕的笑聲，你聽不到歡樂，只有毛骨悚然，「你已經交換了！」

唐智傑不明白老頭的意思，來不及追問，老頭已經向病房最暗的一角走去，「時間到的時候，我會再來帶林岳峰走，你好自為之！」

老頭在黑暗中消失了。

不消幾分鐘，林岳峰的血壓逐漸回升，他終於逃過了鬼門關，卻逃不了唐智傑為他設下的人間地獄。

林岳峰被救回，可是已經傷殘，臉也毀了容，但最令人沒法子明白的，是為甚麼他失去了說話的能力？

醫學可以解釋的，真的非常有限。

但都不重要了。

對所有人來說，一個微不足道的林岳峰是生是死其實不重要，他之後如何過活當然也沒有人關心；反而是唐智傑又一次創造了奇蹟！

如果他可以說話，那就真是完美了，那誰人還可以跟他匹敵？

唐智傑為了讓自己「開聲」，他安排了一次手術，手術當然只不過是幌子，然後他再找來了幾份報紙，寫了幾篇「鱔稿」，主題就是「為別人創造奇蹟的人，上天也讓奇蹟在他身上發生！」報道還不忘數數唐智傑救過幾多垂死的病人、做過多少好事等等。

唐智傑的心思越來越重，他已經不再是當日那個戇直青年。

唐智傑的人氣可以說是一時無兩。

「寶兒，下個月在美國有個醫學會議，我跟阿傑都會去，你媽媽也去，如果阿傑不反對，你也來，我們可以在會議後多留兩天，一家人來個短旅行，」馬亨笑笑問，

「阿傑，你覺得這個想法如何？」

「當然好，」唐智傑笑笑，溫柔地問坐在他身邊的寶兒，「你喜歡跟我一起去美國嗎？學校可以請假嗎？」

寶兒當然是求之不得，由他們正式公開關係這半年以來，像一般小情侶一樣，寶兒一直希望跟唐智傑去一次旅行，過一下二人世界，但唐智傑越來越忙，除了醫院的工作外，他還有很多無關醫療的講座、活動要出席，即使希望短短四五天去一次東京旅行，他都走不開。難得這次回去美國開醫務會議，馬亨知道女兒心意，主動要求唐智傑帶她一起去，而難得唐智傑又願意，向學校請假當然是沒問題。

寶兒自從那次車禍之後，馬亨基本不讓她做任何太操勞的工作，所以她在一間藝術學校教小朋友畫畫。寶兒的畫是非常棒的。

「那說好了啊！不要又臨時變卦！」寶兒淘氣地說。

「你看她！你看她！」馬亨一邊笑，一邊看着寶兒，看着寶兒臉上幸福的笑容，馬亨心裏很感激唐智傑，因為她愛他，他也疼她。當然馬亨也有別的盤算，唐智傑是少有的人才，把他招為女婿，對他來說是件大好事。馬亨加上一個會預測生死的唐智傑，如虎添翼，香港的醫療界，基本上已無人能跟他們匹敵。

說好了去美國，寶兒興奮到不得了，她馬上開始準備，譬如要到哪些景點觀光，哪裏有好餐廳，她通通都預先訂好，半點不打擾唐智傑，唐智傑看到寶兒為他準備那麼多，如此重視跟他第一次的旅行，他心裏是很感動也很激動的，被愛的感覺令唐智傑覺得很溫暖，他想以後跟寶兒一輩子走下去應該會很幸福，這個女孩很大氣，知書達禮，善解人意，對他千依百順又細心，得如此女子，夫復何求？

「你明天晚上有空嗎？我想約張恩樂一起吃飯。」唐智傑想帶寶兒見張恩樂，正正式式把寶兒介紹給他的老友，唯一的老友認識。

寶兒看着唐智傑，「他就是你從小的老友，你小時候的偶像，是嗎？我聽過他的故事幾百次，我就是想……」寶兒抱着唐智傑的腰，「我就是想，你甚麼時候才願意把我介紹給張恩樂認識，我知道總有一天，當你認定我時，你就會把我介紹給你最親密的朋友認識。」

寶兒把臉陷入唐智傑的胸膛，溫柔地說，「阿傑，你是要認定了我嗎？」

寶兒的說話把唐智傑所有的愛情都激起來了！寶兒，這個女孩，她看穿他所有的心思，包括他當初的猶豫，他的不肯定，他的心裏面可能是有另一個人……他即使沒透露半點風聲，但她所有都知，她一直默默守候，用她的誠意、癡情、關懷，真心真意去打動他；由大學時候到今天唐智傑終於出人頭地，這些年來，她始終如一，不離不棄，她知道他猶豫，她不逼他，也從來沒問一句多餘的說話，她只是等，她對他從來沒有挑剔，一個女孩，還要是天之驕女，能為唐智傑無條件的付出那麼多，他還能不被打動嗎？

唐智傑抱起寶兒的臉用力吻下去，這一刻他很渴望擁有寶兒，很貪婪地想把她整個人都吞入肚裏，他要完完全全佔有她，他從來未試過如此的渴求，他把寶兒身上的衣服一件一件脫下，他看到寶兒白皙的皮膚，她豐滿的乳房，她急速地呼吸着，她把身體緊貼唐智傑，唐智傑一直由寶兒的臉吻到她的雙乳，這也是唐智傑的第一次，一個男人，鼎鼎大名的名醫，雖然表現有點笨拙，但這反而令寶兒更興奮，因為她也知道他是完完全全屬於她的。

唐智傑在寶兒身上蠕動着，寶兒輕輕托着唐智傑的臉，一邊呻吟着，性是用動作表達情緒，兩人一直糾纏到半夜，前所未有的快感。

「你今晚不要走了，好嗎？」唐智傑問寶兒。

寶兒看着唐智傑，她撫摸他的臉龐，吻了他的額頭一下，「好的！我是你的，我不會走，以後也不會走。」

兩人依偎一起，這個是兩人相識九年多以來，第一次一起渡過的晚上。

第二天早上八時，唐智傑送寶兒回家，「我晚上來接你跟張恩樂一起吃飯。」

寶兒回家時剛巧撞到馬亨在吃早餐，「你怎麼一晚沒回來，」馬亨一邊說，看到女兒的臉通紅衝上樓，他不問了，他知道她在唐智傑家裏過夜。

馬亨搖頭笑了，跟寶兒的媽說，「看來我們家裏辦喜事的日子也不遠了。」

唐智傑整天的心情都非常好，他短訊張恩樂，說他晚上會帶寶兒一起來，張恩樂回覆：「有幸得見阿嫂廬山真面目，必定準時到達！」

唐智傑笑到人仰馬翻。

晚上三人第一次碰面，張恩樂對寶兒說：「終於看見你真人了！比上鏡還美，阿傑好福氣呀！」

寶兒開心笑了，她很喜歡張恩樂，他跟唐智傑是完全的兩類人，張恩樂輕鬆、幽默、陽光氣，很會打扮，風度翩翩，又會說笑，很能逗人開心，跟他一起是快樂的；唐智傑卻很沉默、謹慎，雖然他沒有張恩樂那股懾人的氣燄，但他很實在，忠厚，而且有智慧，在寶兒眼中，唐智傑始終是最好的。

她看見張恩樂之後，終於明白為甚麼唐智傑會喜歡上張恩樂，但她更感恩張恩樂在唐智傑最孤獨的日子一直陪伴他。單單是這一點，寶兒就很愛張恩樂了。

「是你女朋友嗎？好美啊！」是大牌檔老闆娘。

「好快就是未婚妻了！」搶話的是張恩樂。

唐智傑笑了，寶兒喝了兩杯之後的臉本來已經很紅，被張恩樂一說，她的臉更紅，似一個紅蘋果。

那個晚上，三個人都很開心，一切都是美好的。

一切都是。

美國之旅終於到了，對寶兒來說，這是個大日子，因為是她第一次跟唐智傑去旅行，雖然主要是工作，但寶兒很體諒唐智傑，能陪在他身邊已經不錯。

這次美國的醫學會議很順利，四日的會議讓唐智傑大開眼界，他早出晚歸跟馬亨出席大大小小的座談會，晚上很多時都有應酬，他很內疚沒甚麼時間陪伴寶兒，「沒關係的，我跟媽媽一起不會悶，待你所有會議都開完了之後，我們的假期就真正開始了！」

唐智傑笑，寶兒從不埋怨，從不投訴，是一個很體貼的小女人。

馬不停蹄了幾天，終於可以停下來了，唐智傑跟寶兒，還有馬亨夫婦說好了明天要到紐約的博物館走走，四人來了紐約幾天，今晚才是第一次四個人一起吃晚餐，馬亨晚飯時不斷在說這幾天的醫學會議，包括其中一次他的演講如何成功，唐智傑和寶兒都是微笑點頭。

晚飯完了之後，唐智傑和寶兒回到房間，寶兒累了一天，很快就睡着了，反而是唐智傑，明明是累得很，但腦袋就還是處於興奮狀態，他對這次的會議也非常滿意，他是第一次在眾權威人士面前發表他的醫學研究，雖然他是新手，但大家明顯對他的印象非常好，會後還不時有其他國家的醫院、醫療機構要他的名片。連馬亨都說，唐智傑確是很受歡迎。

既然睡不着，又怕弄醒寶兒，唐智傑決定一個人去游個夜水，他去到酒店的泳池，四周都沒有人，他一躍跳入了泳池。

小時候，他每次有心事，他都會一個人游泳，水底是最寧靜的世界，他聽不到外面的任何聲音，彷彿世界只剩下他一個人，他可以很專注想他要想的事。這是思想上的自由，這種自由是很難求的。

唐智傑游了一個又一個塘，他只是全神貫注地在想這幾天醫學會議的事，正當他全神貫注的時候，他猛然看見泳池邊彷彿有個人影，他心臟猛跳，此情此景，似曾相識……他的下意識直覺告訴他……是她！是李芯！

他沒半點思考，沒半點猶豫，他直覺就是她，他肯定這個泳池邊女人的黑影就是李芯。一個他牽掛了十年，萬水千山找了十年的，突然間蒸發了的一個女人，是她！一定是她！他一躍而起，盡全身氣力大叫「李芯」！

面前的那個女人怔怔的，僵硬的，看着他，臉色蒼白，手上拿着毛巾。

他們四目交投。

四周寂靜無聲，只有唐智傑急速的呼吸聲。

站在他面前的，是寶兒。

唐智傑明顯還未習慣能說話的生活。

說話傷人，就是這個道理。

兩人怔怔的對望，誰也說不出一句話來。

第三章

他始終沒有忘記她。

愛情是很奇怪的，不用努力，努力不一定有回報。寶兒這些年來努力在唐智傑身上的一切，還是敵不過一個對他輕描淡寫，而且已經消失了十年的女人。唐智傑自己都不明白他對李芯的死心眼，是愛嗎？他自己也不很清楚，但肯定的是，當你越愛一段記憶，它就變得越強大，越不可思議。

或許就是這樣吧。

這晚之後，寶兒變得很沉默，馬亨不知道發生了甚麼事，以為是兩小口子吵架，他悄俏跟唐智傑説：「怎麼了？昨天還是好好的，吵架了嗎？哎呀，阿傑，你就讓一讓寶兒吧！女孩子要逗的。」唐智傑勉強的笑了一下，點點頭。

唐智傑心裏很內疚，寶兒的沉默，甚至她憤怒，即使她要跟他分手，他知道都是合情合理的，她終於知道他心裏一直記掛着誰，她一直給他時間，不聞不問不逼，是他願意放棄過去，他們才開始，但沒想到他卻背叛了。

唐智傑從來未遇過這樣的難題，他一向對女人都是很笨拙，他有想過跟寶兒解釋，但他忘不了舊情人這個事實，還可以如何解釋？他對自己在泳池邊的反應，他也嚇了一跳，他自己也不察覺李芯竟然在他心裏烙印得那麼深；但當他看到泳池邊的人影時，他第一個反應，毫無疑問，第一個想起的，而且是唯一一個想起的，就是李芯。

他知道，即使時光倒流再來一次，他的反應都是一樣。

屬於李芯的回憶一直纏繞不去，像一個無形的軀體，但又比影子實在，不斷在分散他對寶兒的注意力。

他曾經無數次理性地比較過寶兒和李芯，無論怎比較，由哪一個角度去比較，都是寶兒勝，所以他選擇了寶兒，可是他的身體，他的心卻用行動告訴他：唐智傑，你的心還是屬於李芯的。

對有些人來說，被愛的感覺比付出愛重要，但對唐智傑來說，恐怕是付出愛更重要一點，所以李芯的影子才一直揮之不去。他是全心全意愛李芯，即使寶兒已經把整個人給了他，對他如何容忍，如何寬大，還是比不起李芯一個冷冷的吻。

愛上不愛的你的人相當辛苦，但被你已再無感情的人所愛，卻是更糟。

既然如此，他還如何去編一個大話出來去騙寶兒？

他的內心非常掙扎，怎麼辦好？

他不知所措，他沒有積極去逗寶兒，但「沒回應」這個「回應」在寶兒眼中看來是非常負面，寶兒一天比一天沉默，她的臉上掛了一對黑眼圈，她睡得很少，哭過很多遍，馬亨急死了，他直覺兩口子不會只是吵吵架這麼簡單，一定是出了甚麼大事。

但不論他如何追問，寶兒和唐智傑誰都沒有把那個晚上的事說出來。

戀人的直覺告訴寶兒，唐智傑離開她的日子恐怕不遠了。

他們回香港那天，寶兒終於忍不住先開口了。

「阿傑，你要我怎樣做？怎樣做……你才不會離開我？」寶兒忍不住哭了，把所有的委屈都哭了出來，一發不可收拾。

唐智傑手足無措，寶兒一哭，把他哭得心都碎了，他把她緊緊擁進懷裏，他又是急又是內疚，他一直安撫寶兒，「對不起！真的對不起。」唐智傑說。

寶兒哭得更厲害，「你是要分手嗎？你真的要跟我分手？」

唐智傑急急擰頭，「不是！不是！我是要向你道歉！一切都是我不好，你原諒我好嗎？」

寶兒哭成了淚人，她把整個人都陷入唐智傑懷裏，她只是哭，因為她也不知道還可以做些甚麼才可以留住這個男人，寶兒把唇貼在唐智傑唇上，唐智傑閉上眼回應着，寶兒把自己的上衫脱去，唐智傑有點抗拒：「不要。這樣對你不好……」寶兒不理，她把身體撲上唐智傑身上，她赤裸的上身在唐智傑身上蠕動，唐智傑心裏是想拒絕的，但寶兒的舌頭沿着他上顎一路下探，生命的幽光燃起唐智傑腰胯下的熱火，他被火熱的寶兒弄得不能拒絕，房間變成了歌劇院。

「時間對於我來説，唯一分別，是與你同在，或不。」寶兒頭髮凌亂，半裸的躺在唐智傑胸膛上。

她對唐智傑是死心塌地，已無轉彎的餘地。

愛情可以把人變成了奴隸。

毫無保留去愛一個人，你會失去自己，失去理智；所有的思想、行為、感情只被另一個人牽引。沒有自己，也沒有靈魂。

而且，不能自拔。

唐智傑憐憫的撫摸着寶兒的頭髮，他知道寶兒對他已經傾盡她可以給予的，她對他是毫無保留的，他在寶兒迷茫而清澈的眼波中有無盡情思湧過，迷亂如浮絮，他把心一橫，決定賭一次！他把自己一生都押上去了，他決定做一個讓自己不能翻悔的決定。

他突然跳下床，跪下來：「寶兒，你願意嫁給我嗎？我會一生一世全心全意愛你，照顧你！你會嫁給我嗎？」

寶兒做夢也沒想過這樣的峰迴路轉，這個是她一直以來夢寐以求的，她以為愛情和唐智傑已經慢慢在她手上溜走，她沒想過他竟然會回心轉意……真的……真的回心轉意嗎？寶兒有一刹那的猶豫，但她還是豁出去：只要可以留住愛情，賭就賭吧！

婚姻從來都是一場賭博。

「你不會是騙我吧？你說真的？你是騙……騙我的……」唐智傑一手摟着寶兒，「我不會騙你！這一輩子我只愛你馬寶兒一個人，我要你做我妻子，你願意嫁給我嗎？」

寶兒怔怔的看着唐智傑，小心地問：「你……你不會後悔嗎？」

唐智傑停了一會，結婚不是兒戲事，不可以今天說了，明天翻悔，他吞了一下口水，可能過去他真的想得太多了，想到過了火頭，想到亂七八糟……不想！不想！通通都不要再去想了！他決心今天就下決定：「我決定了！」他認真地對寶兒說：「我不後悔，我希望娶你做我的妻子。」

寶兒破涕為笑，她欣喜若狂，淚如雨下，她知道唐智傑是很重視承諾的人，他說了願意娶她為妻，他就不會騙她！寶兒大力的摟着唐智傑的脖子，「我願意！我願意！」唐智傑也笑了，他告訴自己，要緊守今天的承諾，今生今世只愛寶兒一個人。

這個承諾，他一世都不能忘記。

一定不能忘記。

他告訴自己。

兩人在酒店會合馬亨出發到機場時，兩人的態度，神情跟早兩天判若兩人，尤其是寶兒，早兩天她好似一朵快凋謝的玫瑰，今天她卻笑逐顏開，有如盛開的花朵。馬亨一頭霧水，到底兩個人這四天裏發生了甚麼事，但是看到寶兒又回復以前一樣，他就放心了。

「你跟爸爸說……」寶兒含羞答答地說，手拉一拉唐智傑的外衣。

馬亨即時看着寶兒，再看看唐智傑：「你們有甚麼事瞞着我？」

唐智傑恭敬地向馬亨鞠了一個躬，「世伯，我們打算結婚了。我本來打算回到香港，找個機會再向你和伯母提婚，寶兒心急，所以我……」

寶兒打了唐智傑一下，臉都紅了：「我哪有心急！」

唐智傑知道自己說錯說話，「不是寶兒心急，是我心急！」

馬亨夫婦都忍不住大笑，「你們都不心急！是我兩老人急！我不瞞你們說，早兩天你們的樣子真是嚇死老爸老媽！寶兒天天都愁眉苦臉，阿傑又一句話都不說，我以為你們倆怎麼了！好了好了！現在雨過天晴就好了，你倆本來就是天生一對，早一點拉埋天窗，是好事呀！」

馬家準備辦喜事了。

馬亨嫁女這個消息很快就傳遍整個醫療界，對於唐智傑的「際遇」，很多人都嘖嘖稱奇，好像童話故事一樣，太完美。唐智傑當然是童話故事的男主角，大家都認定，唐智傑這一輩子注定是飛黃騰達。王子公主的故事，所有人只有羨慕的份兒。

唐智傑娶馬亨女兒的新聞，很快由醫療界傳遍了上流社會。

唐智傑回港之後，馬上找張恩樂，結婚這個決定是人生大事，他要親自告訴張恩樂這個消息，他們約好了去那個大牌檔，誰知到埗時才看見今天門口貼了一張告示：東主外遊，休息兩天。

「老闆娘是勞動分子，這個小店都是全年無休，今天竟然休息？」張恩樂摸摸頭，「那……不如我們去別的地方，我同事說最近荷李活道有一間新開的酒吧，聽說裝修很特別，我們就去看看吧。」

唐智傑對酒吧這一類的娛樂場所沒好感，他向來甚少去這些場合，不過今天去哪裏都不是重點，他要告訴張恩樂他的人生大事！

平日的上環荷李活道只要過了下班時間已經很靜，人車都少，整條街基本上沒甚麼人，這個酒吧的門口是一道鐵門，門一打開，酒吧正中放了一張歐洲式長椅子，椅子旁邊是兩個鐵籠，鐵籠裏面有兩隻十分逼真的孔雀雕塑，一隻在籠裏，一隻在籠外，旁邊有一個穿得很性感的黑髮美女在跳舞。酒吧入面好暗，有點煙霧迷漫，酒吧老闆是斯里蘭卡人，他特別愛用煙，裏面還有一種特別的水煙供客人用，這種水煙在香港別的地方沒有，它的味道有點似雪茄，但又帶點咖啡味。這種味道令人很放鬆，那天是星期二晚上，酒吧只有寥寥幾個人，張恩樂跟唐智傑坐在吧台上，他們正在全神貫注地看這個酒吧四周的裝飾，有一把幽幽的女聲在後面叫他們：「你們第一次來嗎？需要喝些甚麼？」

兩個男人同時轉身，張恩樂跟唐智傑都怔住了。

他們不敢相信自己的眼睛。唐智傑的反應最大，他是嚇呆了，他完全沒有心理準備，完全沒想過會在這裏遇見，雖然他曾經一千次一萬次幻想跟她再相遇的情景，但絕對不是這樣。

張恩樂也十分錯愕，從中學時候他已經認識她，但在他印象中，她就是一個冷冰冰而且不太起眼的女孩，這些年不見，他對她的印象更模糊了，但……但沒想到，她突然不知由哪裏冒出來……眼前的她……到底是鬼魂？還是仙子？她的雙眼都可以勾魂奪魄，她那塗了紅色唇膏的嘴巴，薄薄的嘴唇彷彿有千言萬語，欲言又止……張恩樂就在重遇的一刻，完完全全被她攝去了魂魄。

在他們面前的女人……

竟然是她！

真的是她嗎？

那個當年在聖彼得中學小食部，小男孩都為她着迷；因為父親破產而一夜之間人間蒸發的李芯？

是李芯？

真是李芯？

兩個男人都呆了一呆，張恩樂用力捽一捽眼睛，「你是李芯嗎？」的確是李芯，如假包換！

多年不見，李芯比以前成熟了，輪廓更標致，她化了妝，眼線很深，令她的大眼睛更突出，她身材仍然很纖細，但她穿了一身的緊身衫，骨感的身材很突出，野性而且帶一點邪氣。

「是你！你是李芯嗎？」張恩樂問。

唐智傑比張恩樂激動一千倍，他的眼睛一直死盯着李芯，心裏的激動，所有的思念、愛慕、掛念、內疚，還有一直抑壓着的……愛情，在重遇的一刻通通湧上來！複雜的情緒就如十號風球，一發不可收拾在他心裏亂打亂撞，他感覺有點昏眩，這一下子來得太快，明明是絕望了！明明是死心了！明明是今生不再相見了……卻……卻又突然出現！

李芯就是這樣真實的站在他面前。

「你是……張恩樂！」李芯叫了出來。

張恩樂看來十分高興李芯還記得自己，「你……你是……」李芯看看唐智傑，很臉熟但就是叫不出名字。

她忘記了他。

是死神讓唐智傑成名的代價。他愛的人會忘記他。

「他？你忘記了他？」張恩樂有點錯愕，「你不記得他了？他是唐智傑呀！他和我在聖彼得是同一班的……」

張恩樂確是有點錯愕，他沒想到，李芯記得的人竟然是他，而不是唐智傑，而唐智傑一直是如此深愛着她。

當然，張恩樂不會知道當中的原因。

「唐智傑……」李芯若有所思，好似努力在想一些甚麼東西似的，唐智傑動也不動的盯着她，面容僵硬的。「這個名字好熟，好似不知在哪裏看過，但又記不起……」

張恩樂整晚都拉着李芯，又講又笑，張恩樂還叫了兩支香檳，說是要為重逢而乾杯，他乾了一杯又一杯，一整個晚上，張恩樂和李芯都喝了不少酒，說要話當年，十年不見，在茫茫人海又重遇，簡直是大醉三天來慶祝。那個晚上客人不多，李芯差不多整晚都陪着他們，她也喝了不少，陪酒是李芯工作之一，多年不見，現在的李芯已經不再是冷冰冰的李芯，她會說笑，有時她還會把身體有意無意之間挨近人，欲拒還迎，令人心癢癢，而且她的酒量好好，比張恩樂還要好得多。離開酒吧時，張恩樂已經醉了，但李芯和唐智傑卻非常清醒。

「你一個人送他回家可以嗎？」李芯問唐智傑。

唐智傑整個晚上都非常沉默，他內心的激動，都沒有表現出來，他只是靜靜坐在一邊抽煙，他沒有抽煙的習慣，但這晚他的心定不下來，他需要一點東西讓他鎮靜下來，不要露出馬腳。李芯雖然一直跟張恩樂在說笑在喝酒，但她是知道唐智傑的眼睛一直沒離開過她，她對唐智傑重遇她的反應有點錯愕，她不記得她在哪裏見過唐智傑，但她肯定唐智傑是認識她。以她在男人圈中打滾的經驗，她也知道唐智傑對她是

「不一樣」的。

一個男人只要表現出對你「不一樣」，這代表他就已經是你的獵物。

「我可以的，」唐智傑點點頭。的士到了，唐智傑把已經醉到不省人事的張恩樂先擠入車，他匆匆忙忙從口袋裏拿出一張名片，塞入李芯手裏，他跟李芯道別，他那依依不捨的眼神，六神無主的態度，李芯不是小孩，她不知道她過去跟唐智傑發生了甚麼事，但她肯定唐智傑是喜歡她，而且是非常非常喜歡。

唐智傑送了張恩樂回家後，再坐的士回家，這時已經是凌晨二時多了，手機不斷在震，全是寶兒的來電和短訊，他沒心情看，也沒打算回覆。回家後，他在浴室開了一大缸熱水，把整個人都浸在水裏。

他的腦海全部都是李芯，她的一顰一笑，她的一舉一動，他都無法忘記，她的每一個眼神都可以攝走他的魂魄，他知道，由這一刻起，沒有人再可以把他的視線由她身上移走。世界上再沒有任何力量可以把他從她身上拉開，任何人都不可以！包括……死神！

是失而復得！

是上天對他的憐憫！也是恩典！

唐智傑認為這是上天安排的重逢，他絕對不能再錯過她。

他發誓！

重遇李芯那一晚開始，唐智傑基本上整個人已陷入了瘋狂，這一夜，他徹夜沒睡，整個人，所有意識就只有李芯，李芯，李芯……全部都是李芯。

他細心想他們由第一次見面的每個細節：第一次約會，在泳池邊第一次輕吻，因為李芯突然消失時他的失魂落魄……原來不知不覺，他們之間經歷了那麼多，他越想越發現，自己的心原來從來未忘記過她。

那一邊的李芯也一夜沒睡。

她從手袋拿出唐智傑的名片，「嘉諾醫院主任醫生」。嘉諾醫院是全港最昂貴、最頂級的私家醫院，裏面的病人非富則貴。她深呼吸一下，閉上眼睛，回想過去自己的生活是怎樣捱過去的。自從她爸生意失敗破產以後，她一家大細為了逃避債主追債，東躲西躲，基本上沒有幾日太平日子過。家裏已經沒能力供她讀書了，她預科未畢業就出來幹活，幫手賺錢還債，可是她年紀小又沒學歷，可以賺到的錢根本有限。後來在打工的地方認識了一個中年大陸男人，那個男人出手闊綽，看中她年輕，於是她跟了那個男人幾年，基本上衣食住行不用擔心。當她手頭寬裕一點時，她不時都會給老媽家用和給兩個妹妹零用錢，她們不知她一個人在外面做甚麼，但一家人走投無路，窮困到令人害怕時，她們也不問，反正大家姐有錢拿回家，也就應該不會太差了！

生活的折磨令李芯無法不在男人堆中打轉，不靠男人，她還可以靠甚麼？靠她自己？沒學歷，沒能力，沒經驗……她看着唐智傑的名片，她深呼吸了一下。

第二天，唐智傑差不多中午才回醫院。他從來不遲到的，但自從昨晚開始他就神不守舍，他的腦海，他的心，現在只有一個人和一件事：李芯和不惜任何代價，把李芯留在身邊，他太害怕再失去她。

「Dr Dong，馬小姐來找你，她在外面。」說話的是唐智傑的秘書。

唐智傑的頭髮有點凌亂，一夜沒睡，他的雙眼通紅，寶兒一看到唐智傑這個樣子，不用問，她也知道一定有甚麼事發生了。

她想問，但又不敢問：「阿傑，你還好吧！你昨晚去了哪裏……」

寶兒未說完，唐智傑已經不耐煩，「我在醫院……我昨晚在醫院。」

唐智傑的眼神有點閃避，誰也看得出他在講大話，寶兒不敢追問，昨天他們分開時，他明明告訴她，他約了張恩樂吃晚飯，今天卻說整晚在醫院。

「那好，」寶兒輕聲的說，「我過來只是想提你，星期六我們要去試婚紗，你別忘記啊。」

唐智傑點點頭，他為自己對寶兒的態度有點內疚和不好意思，他走上前抱了寶兒一下，吻了她的額頭，「我知道了，我不會忘記的。」

寶兒用力的抱住唐智傑，兩個人深深地擁抱了一會，唐智傑先放手，送寶兒出門口，「你回去吧。我要開會了。」

寶兒怔怔地站着，看着唐智傑，這個男人明明即將要成為她的夫婿，他們之間應該是非常親密，無所不談，但為甚麼她卻隱約感到莫大的隔膜？他好似在躲避着她，他心裏好像有千萬個秘密，她千頭萬緒，她知道一定有事情發生了，但到底又發生了甚麼？怎麼這段關係總好似一波幾折的？她的心彷彿沉入了大海，昨天明明還是好好的，今天怎麼了？

她本來想馬上找張恩樂問個明白，但她又怕打草驚蛇會激怒唐智傑，她只好按住自己情緒，不斷跟自己說：不可以小小事就方寸大亂！再過幾天就……沒事了。

寶兒以為她給唐智傑時間，一切都會變回正常。

寶兒盡量不打擾唐智傑，唐智傑卻變本加厲，他實在按不住自己，每一分每一秒他都在想李芯，看不到李芯的每一分每一秒對他來說都是折磨，他要她，這個慾望像頭餓狼把他血淋淋地在生吞……等不及醫院下班，唐智傑已經急不及待，直奔李芯打工的酒吧。

當看見李芯這一刻，唐智傑的心怦怦地狂跳，他這才知道自己還是像以前一樣熱烈地愛着她，這份愛從未減少過一絲一毫，她站在他面前，她就是那麼卑微，那麼順服，他真想立刻把她擁入懷裏！噢！這次分離真是太久了！他簡直不知道這些年自己是怎樣熬過來的。

「你怎麼了？為甚麼站着？你還是坐下來吧。我弄點東西給你喝。」李芯溫柔地說。

他把椅子移近李芯，她為他調了一杯威士忌蘇打，他一邊喝着酒，她溫柔地看着他，他仔細地看着前面，這個叫他朝思暮想的女人，她嫵媚的眼睛裏有點哀戚，比起他最後一次見她，她瘦了很多，她的臉蛋好好看，但化妝品遮不住她蒼白的面孔。他一直在想，這些年來，李芯一定經歷了很多痛苦，這些痛苦都是他帶給她的。一想到這裏，他對李芯不單是愛慕，更是歉疚。

「你離開了聖彼得，你生活過得如何？」唐智傑問李芯。這個是他多年以來，一直想知道的問題。

李芯喝了一口威士忌，她喝酒比很多男人都喝得兇，單是這一點，唐智傑知道她應該不會過得很好。

「我爸破產了，我們一家為了逃避債主，東躲西躲，我之後也沒再讀書了，家裏供不起。」

唐智傑沉默了，他知道她這幾年的日子過得很不好，但親耳聽到李芯說時，他的心比刀割還難受，「你怎樣會在酒吧工作？」他有一千個問題，他實在是急不及待。

「這裏不好嗎？」李芯看着唐智傑，「我做過比陪酒更差的工作，這裏算不錯了。」

唐智傑曾經努力忘記她，但他做不到；重遇她的那個晚上，他也努力保持鎮定，嘗試保持距離，但是當李芯真正的站在他面前時，當聽到李芯說過得不好時，他完全不由自主，忍也忍不住，他把手放在她肩上，「你碰到這些不幸的事，我真的很難過，你有甚麼需要，我可以幫助的，請你……請你務必告訴我。」

李芯知道唐智傑是真心的，他是一個君子，她也知道他很喜歡她，但他倆之間發生過甚麼事？他們之間有過感情嗎？她不知道。「你不要那樣認真，好不好？」李芯笑了，有點似撒嬌，「你對我真好！」這種真情流露對她來說是很罕見的，而唐智傑也覺得整個人都陶醉了。

以前認識的李芯是從來不會對人撒嬌的，唐智傑有點不知所措，但心裏卻很高興，「能為你做些事，我很高興。」

「唐智傑，你喜歡我，是嗎？」李芯單刀直入。

唐智傑深呼吸一口，這個問題他問過自己很多次，現在在李芯面前，他再也不逃避了，他點頭。

「跟以前一樣？」

唐智傑再點頭。

「我們以前是怎樣的？」

唐智傑怔住了，「是的？我們以前是怎樣的？算是怎樣？是單戀？還是她對他也是有意？應怎解釋？他在想。

李芯看唐智傑整個人都呆定了，她想知道他們之間發生過甚麼的，但就算不知，也沒所謂。

「反正都已經過去，不提也沒所謂。以後才重要。」她嘴唇迎向了他，他吻了她。她姿態中的順服是他之前從來沒有看過的，光是這一點，就讓他覺得所有受過的苦楚都值得了。

唐智傑一直留在酒吧直到打烊，他送李芯回家，她離開之後，他才發現，有她在的時間裏，他覺得非常幸福。

「唐智傑你真可憐！」他自言自語。小時候，他任由李芯發落；到今天，他仍然是任由李芯發落。但他心裏卻湧起了比以前更濃烈的愛意。

整個晚上，唐智傑都沒想起過寶兒，直到手機又再響起，不用接，他也知道是寶兒打來的。

「出了甚麼事？」寶兒問。

他不知道怎麼辦好，也不知道該怎樣回答。他本來可以說明天過去接她吃晚飯，然後大家出去看一場電影，以前他也會這麼做，但今天卻非常抗拒跟寶兒見面，他想給她回電話，卻沒有辦法像往常一樣用最溫柔，最親切的的聲音叫她的名字，他也不想打電話給她，於是他只回了一個短訊。

抱歉，今天很忙，走不開。傑。

他眼前浮現出寶兒的樣子，她那張圓圓的小臉，他曾經為她着迷，願意為她承諾，但今天他對她的所有熱情，因為另一個人的出現而完全消失了，他甚至逃避她，他知道他發了這個短訊之後，事情還未完的，他還有必須要做的事；但至少這個短訊讓今晚急迫性稍微緩和了一點。

第三天，唐智傑又跑去李芯的酒吧。

如是者，一天一天，現在對他來說，沒有比見李芯更重要的事。

唐智傑差不多晚晚都在李芯工作的酒吧等她，平日李芯不忙的時候，他們就聊聊天，李芯忙的時候，唐智傑只是靜靜的坐在一邊抽煙，看着李芯在忙，這個情景似曾相識，他們小時候就是這樣的；唐智傑每天都會跑去小賣部一次，遠遠的，靜靜的在看她。今天這個情景很快就找回了昔日的親密同伴感覺。

待李芯收工時，唐智傑會帶她去平日他跟張恩樂的大牌檔吃宵夜，這個小小的大牌檔和幸福的回憶是相連的，李芯是唐智傑幸福的一部份。

他溫柔地看着她吃東西，唐智傑覺得很滿足。

「你打算一直在酒吧工作嗎？」唐智傑說，「如果你想，我可以負擔你的生活所需，你可以再找別的工作，直到你找到為止。」唐智傑不希望再讓李芯繼續在這些娛樂場所工作，這些地方本身就是一個危險地帶，而且他太害怕失去她，如果他有魔法，他甚至希望可以把她變細，天天放在口袋裏，那他就可以給她最大的保護，令她永遠離所有危險，包括死神。

「我就知道我可以依賴你，我知你是一個好人，一個君子。」李芯看着唐智傑，「但是我的學歷不高，又沒有經驗，好難找工作……而且……」

唐智傑打斷她，緊張兮兮地問。「而且甚麼？」

李芯嘆口氣，「我媽身體不好，我需要錢，我很需要這份工作。」

唐智傑鬆一口氣，他緊握李芯的手，「如果是錢的問題，你完全不用擔心。」他拿出支票簿寫了一張二十萬的支票給李芯，「夠了嗎？如果不夠的話，你告訴我還欠多少？」他的眼睛誠懇熱切，李芯怔怔的看着他，沒想過他毫不追問細節就給她二十萬元，他完全的信任她。

「不用那麼多，」李芯把支票塞去唐智傑手裏，但唐智傑堅持。

「不緊要的，你先處理媽媽的情況，我是醫生，她需要甚麼你就告訴我。至於酒吧的工作，你是可以辭掉的，」說到這裏，他有點不好意思，怕給了李芯太多的壓力，於是他吞吞吐吐地說，「我意思是，你可以當休息一會兒……又或者，如果你喜歡，你可以考慮再讀書，或可以做一些小生意，錢由我出，生活方面，你是不用擔心的。」

李芯看着眼前的這個男人，唐智傑對她真是很好，她主動吻他，二人完全陶醉在熱吻中，這一天唐智傑已經等了不知幾多年，今天終於如願以償！他已經再管不了其他人的想法，他決心要得到李芯！

李芯輕輕推開了唐智傑，在他耳邊輕聲的說，「唐智傑，我想我是愛上了你了！」

這一句話已經令唐智傑就算現在要為李芯死去，他也情願。

唐智傑送李芯回家，回家時他問她：「星期六你有空嗎？我接你出去玩。」

「好吧！」李芯吻了一下唐智傑的嘴角然後上樓了。

當李芯主動吻他時，他實在太快樂了，除了李芯，他已經忘掉了所有人。寶兒已經好幾天沒見過唐智傑了，她找過他好多次，但不是手機沒開，就是秘書說他在開會。就算她發短訊給他，他都是每幾個短訊才回覆一次，而且非常簡短。寶兒知道唐智傑一定是發生了事，但她連他人都見不到，想問個究竟也問不了。

後天就是拍結婚照的日子，寶兒有個預感，唐智傑不會出現。

女人的直覺都是神準的。

星期六唐智傑一早出門，但他完完全全忘記拍結婚照這件事，他去接李芯，那天他們去玩了一天，直到深夜他送李芯回家後，他才打道回府。

寶兒卻一個人在婚紗店等。

她等了一整天。

她不斷打電話給唐智傑，但電話一直沒開。

凡事都有盡頭，寶兒知道她和唐智傑是行到盡頭了。

她在唐智傑家樓下等他，是好是醜，都應該來個了斷了。

唐智傑剛回來，臉上還掛着笑容，看到寶兒一個人怔怔地站着，他才猛然想起今天拍結婚照的日子。寶兒看到唐智傑滿面春風的樣子，不問她也知道他是跟誰出去了。她實在再也按捺不住，所有的怒火，委屈，通通都爆發出來。

「你去了哪裏？」寶兒問。

唐智傑有點逃避，「對不起，我……我有事出去了……」

「跟誰出去？」寶兒眼裏都是怒火。

「沒跟誰……我自己出去逛了一圈。」

「唐智傑，你還要騙我到何時？」寶兒哭了，「你到底跟誰一起了？今天是我們拍結婚照的日子，你答應過我你會來的，你説過會來的……」

寶兒哭到整個人都好像垮掉了，她坐在地上，淚流不止，他看着寶兒，心裏難過，但李芯已經回來，一星期跟李芯的相處，他幾乎已經肯定，他不會再跟寶兒糾纏下去，問題只是如何開口？何時開口？

是現在嗎？唐智傑還是不忍心，畢竟錯的人是他，變心的人是他不是寶兒。他雖然不能再愛寶兒，卻從未想過要傷害她。

「對不起寶兒，我先送你回家，我會向你好好交代的，」唐智傑說。

「我不走，你跟我說清楚……其實你一直想丟掉我的，是嗎？……阿傑，你是不是已經不愛我了？」

唐智傑沒想過要在今晚了結跟寶兒之間的關係，但事到如今，再拖下去也只會對寶兒造成傷害。

他深呼吸一下，「恐怕是了……寶兒，我非常抱歉，我真的非常抱歉，我無能為力，一切都結束了。」

她定定地看了他一會兒，這一小段時間彷彿長得令人難以忍受，她坐在原地，靠着扶手椅，開始無聲地哭了，她並沒有遮住臉的打算，就任由眼淚大滴大滴地從臉頰上滾下來，也沒有抽泣。看她這樣，唐智傑心痛得不得了，他別過身去。

「傷害了你，我真的很抱歉。但如果我不愛你，那也不是我的錯。」

她沒應聲，只是坐在那兒，如果罵他幾句，他還會覺得好過一點。他原本以為她會忍不住大發脾氣，他也準備好等着這一幕上演，他心裏覺得，要是兩個人真的大吵一次，彼此惡言相向，某程度上他還可以為自己找個理由，但寶兒卻一句話都沒說。時間一分一秒地過去，她始終靜靜地掉着眼淚，最後他漸漸害怕了。他朝她彎下身去。

「寶兒，要喝點水嗎？會讓你舒服些的。」

她表情木然地把嘴唇湊向唐智傑遞給她的礦泉水，喝了兩口，然後疲憊地低聲跟他要了一張紙巾，擦乾了眼淚。

「我一直都知道，你並不像我愛你那麼愛我……這我知道的。」她呻吟着。

「恐怕事情向來都是這樣，」唐智傑說，「總是有一個人是愛人，而另一個是被愛的。」

他想起李芯，心裏一陣痛楚。

他跟李芯，也是一個愛人，另一個被愛着。

寶兒沉默了很久。

「我一直都那麼崇拜你，由大學開學第一天見面，我已崇拜你，你聰明，你勤力，而你又對我那麼好，你是我全心全意相信的人。阿傑，你知不知道，有個人可以全心地信任，是世界上最幸福的事？我從來沒有想過這段感情會有結束的一日，而且……我根本沒做錯過。」

她又淌下了眼淚，不過現在她比較能控制了。

她擦乾了眼淚，「很抱歉弄成這副蠢模樣，我實在沒有心理準備。」

「我真的很抱歉，寶兒。我希望你知道，我真的非常感激你為我做的一切。」

他真的不知道她究竟看上了他甚麼。

「唉，事情都是這樣的，」她嘆了口氣，「從小我姐姐就跟我說：你要是希望男人對你好，就得對他們狠一點；要是你對他們太好，他們就會反過來折磨你。」

寶兒從地上站起來，說她要走了。她定定地凝望了唐智傑很久，這一個她毫無保留，不惜一切去愛的男人，結果最後還是拋棄了她。

「是因為她嗎？李芯？」寶兒問。

唐智傑沒出聲，事到如今，還有甚麼要隱瞞？

他無奈地點點頭。

「她回來了？」寶兒有點驚訝。

唐智傑點頭。

「她回來了！她回來了！她竟然回來了！」寶兒自言自語，眼淚又一次滾下來，「一早應該告訴我，我是有權利知道的。」

兩人沉默了很久。

寶兒嘆了一口氣，「不用擔心我的，我會好起來的，」她很快用手在唐智傑的臉上輕輕地摸了一下，「阿傑，再見了。」寶兒轉身離開。

她跟唐智傑之間的山盟海誓，十年有多的感情，跟她的身影一樣，就在一秒間消失在黑暗之中。

不要相信情人的誓言，它們從來未進入過神的耳朵。

一切都煙消雲散了。

唐智傑一個人不想回家，他不自覺走向李芯家的方向，心裏有股古怪的沉重感。他好想痛罵自己一頓，但是，為甚麼呢？他也不知道除了這樣以外，他還能做甚麼。

他經過水果檔，看到了李芯喜歡的士多啤梨，李芯很喜歡士多啤梨口味，他感激自己還記得她每一個喜好，這就是證明了他對她的愛，證明了他今天的選擇不是錯的。

「你怎麼又回來了？」李芯驚喜地問。

「沒甚麼，我記得你喜歡士多啤梨，剛才在水果檔看見很新鮮的，所以買來給你。」唐智傑說。

李芯不語，但她笑得很甜蜜，她看着唐智傑，她抱向他。

這晚唐智傑一直留在李芯家裏。

接下來的幾個月，唐智傑每天都去見李芯。

他很多時候比李芯還要早到酒吧，他自己一個人靜靜坐一個角落抽煙，過去唐智傑是不抽煙的，但這幾個月以來，他抽煙抽得越來越兇，他一個人靜靜看着李芯在忙，李芯許多時候都不知道唐智傑在，當她發現唐智傑時，起初她是很雀躍的，但時候久了，她開始覺得不自然，好似被監視一樣。

「你愛我嗎？」唐智傑問。

「你又來了！」李芯沒好氣笑着説，「你已經問了我兩次，你不膩嗎？」

他知道一直問她這句話是有點瘋狂，但是他又忍不住。

李芯攬着唐智傑的頸，「我喜歡你。」

「就是這樣？我可是全心全意地愛着你。」

「我不是那種人，不是隨隨便便把愛説出口，或者掛在嘴邊的人。」李芯撒嬌，

「你再問，我就不理你了！」

唐智傑完全沒李芯辦法，她對他始終是若即若離，她不像寶兒，寶兒的愛是很

堅定，很實在的，她會讓愛人很有安全感，但李芯的愛卻是捉不住。唐智傑一直忍耐着，有時他覺得自己被李芯搞到快發瘋了。

他拿她沒辦法，只好閉嘴，心裏恨透了她。

「你不體諒體諒我，如果你心裏沒有在意的人，當然可以整天嘻嘻哈哈的，但要是你跟我一樣深深愛上一個人，就很難控制了。」唐智傑從後抱着李芯的腰，「你就原諒我吧。在你未完全愛上我前，只要你肯讓我愛你就好了。」

他沉默不語，表情沉鬱而悲傷，刻意讓她覺得，他已經被情感的浪濤沖垮了。

「你知道我很喜歡你的，但你就是有時候太煩人。」李芯輕輕吻了唐智傑的嘴唇。

可憐的唐智傑，在李芯面前，他已經一敗塗地。

他告訴了張恩樂他跟寶兒分手了的消息，張恩樂狠狠罵了唐智傑一頓。

「你也太絕情了吧唐智傑！所有人都知道寶兒對你是死心塌地的，即使再遇上李芯，你也未至於要馬上拋棄寶兒吧！」

唐智傑沒出聲，他知道張恩樂罵他的一切都是對的，但他就是管不了自己的心，更管不了自己的腳，他根本無辦法令自己不走向李芯，也不能把視線由李芯的身上拉開。

他更不能告訴張恩樂，他在李芯面前到底有多狼狽。

一切都是自造孽。

唐智傑知道的，他其實也不願意沉溺在這份幾乎把他整個人都消耗殆盡的激情裏。他知道世事無常，這份愛情有一天也可能會消逝，像他對寶兒一樣。他曾經急切地渴望着這一天到來，讓他的心，他的腦神經不用被一個人牽引着。愛情就像他心內的一隻寄生蟲，靠吸取他的生命之血滋養這可厭的存在，它會吞噬他的生活，除了李芯，其他的一切都沒有辦法為他帶來興趣。曾經在李芯消失的日子裏，他一個人返回聖彼得，一個人呆呆坐在學校的公園坐一整天，他以前很喜歡看學校的英式校園，還有樹木鑲嵌在天幕上的枝葉輪廓，彷彿是一幅美麗的版畫，景色令他心醉。但自從李芯突然消失後，這些美景對他已經失去了意義，沒有李芯在的校園，他覺得毫無意義。他在中學時非常沉迷閱讀，但李芯一走，所有的書本都變得索然無味。李芯給他是一種折磨，他曾經非常痛恨這種身不由己的感覺，他成了囚犯，他渴望自由。

用了幾年時間，加上寶兒的出現，他以為他終於可以擺脫李芯的影子，他自由了，誰知李芯再回來時，他就馬上被吸回去，他也明知前面是危機四伏，但卻不能抗拒。

他知道自己像寶兒一樣無法自拔，所以唯一可以保護他自己的方法就是把李芯永遠留在他身邊。

可是，李芯卻有不一樣的想法。

她曾經被男人包養，曾經懷孕，她試過墮胎，最後被拋棄，她無法輕易相信人，她也可以跟任何一個男人接吻，甚至發生關係，但這都不一定代表愛情，男人對她來說是一個保護罩，也是一種心理調節，只要他能令她快樂，她都可以交往，譬如說張恩樂。

張恩樂在重遇李芯的一刻已經被她深深吸引，他知道唐智傑喜歡李芯，但因為他認為唐智傑已經有了未婚妻，他跟李芯根本不可能，所以唐智傑在約會李芯的同時，張恩樂跟李芯也有來往，但他從來沒想過唐智傑會為了李芯而拋棄寶兒。

「我想我們不要再見面了。」張恩樂跟李芯說。

「為甚麼？是因為唐智傑？」

「我沒想過他可以為你而放棄他的未婚妻。」

「那跟你和我來往有甚麼關係？」

張恩樂有點激動，「他是我好朋友！我以為他有未婚妻，你們不可能一起，我才……我才……」

「你才甚麼？」李芯看着張恩樂，她抱着他的腰，把身體挨向張恩樂，「因為他，所以你不敢愛我？」她的聲音越來越細，然後把唇壓在張恩樂的唇上，張恩樂嘗試推開李芯，但李芯是一個很會纏人的女人。他實在拒絕不了她，他由她的嘴唇一直吻下去，直至把她身上的衣服一件一件脫光為止。

「你會繼續見阿傑？」張恩樂把李芯擁在懷中。

「當然。為甚麼不要見他？」

「不是不見……我只是……不想他知道我們之間的事。」張恩樂內疚地說。

「你內疚？因為我是你朋友喜歡的女人？所以你要把我推給他？」李芯從床上站起來，赤裸的站在張恩樂面前，「阿傑經常在我面前讚嘆你這位好朋友，而且把你這位朋友的外貌和魅力加油加醋地誇大一番，還告訴我以前在聖彼得的時候，你是如何的照顧他，如何在他生病時細心照顧，他把你自我犧牲的精神形容得……淋漓盡致！」

張恩樂一手把李芯找過來，他生氣了，李芯每句說話都在刺痛着他，他自覺對不起唐智傑，李芯明知他覺得歉疚，還故意這樣說。

「怎樣？」李芯抱着張恩樂的頸，「你要怎樣了？」她的手一直向張恩樂的胯下掃下去。

張恩樂把李芯推開，「好了，我走了，看來我也要跟你保持距離！」

「他給了我一張二十萬的支票！」李芯說。

「甚麼？」張恩樂：「你說甚麼？他給你錢？」

「我只是告訴他我媽媽身體不好……他就給了我這張支票。」

張恩樂看着李芯，內心冒起了無名的嫉火，今時今日的唐智傑區區二十萬對他這一位大醫生來說真是微不足道，可以輕而易舉拿二十萬出來！

「你最好把錢還給他！」張恩樂的自尊心受傷害了，過去只是配角的唐智傑，事事對他馬首是瞻，今天卻在他之上，即使大家都喜歡同一個女人，但他卻要偷偷摸摸。

晚上，唐智傑跟李芯見面，她說，「很久沒有見張恩樂了，不如約他一起出去玩玩，好嗎？」

「當然好！我真的高興你喜歡他。」

「我覺得他對你真的不錯，阿傑，你有這一個好朋友真是不錯。」

她主動把臉迎向唐智傑，讓他吻她，這是她從來不會對唐智傑做的。

唐智傑順從李芯的建議，要跟張恩樂來一次三人聚會，三個人自從第一晚在酒吧重遇之後一直沒有再聚在一起，唐智傑一直認為張恩樂不願意見李芯，是因為他丟掉了寶兒的緣故。所以他每次想約三個人的聚會時，張恩樂總是一百個不情願，左推右推，但在唐智傑的思維中，李芯和張恩樂都是他生命中最重要的人，他一定要他們「冰釋前嫌」。

張恩樂也曾經警告李芯，不要再慫恿唐智傑搞甚麼三人約會，但他知道他是管不了李芯的，她很任性，你越怕，她越做。張恩樂推掉了唐智傑的約會好多次，但唐智傑已經有點不耐煩了，他擔心如果他再推，可能就會惹唐智傑生疑，於是張恩樂最後還是答應出來了。

他們約好了happy hour，張恩樂進來了酒吧，跟平日高談闊論的他不同，他懶懶往扶手椅裏一坐，那修長的四肢和慢吞吞的動作裏有種奇特的性感。張恩樂跟唐智傑是兩類人，一個是野性的情人，一個是沉實穩健的丈夫。他們談天説地，唐智傑沒説話，但他很自得其樂，眼前兩位都是他非常欣賞的人，要是他們彼此欣賞，似乎是他最希望，而又最自然不過的事。他並不在乎張恩樂奪去了李芯的所有注意力，反正到了晚上，李芯也只是屬於他一個人。他的態度像一個深情的丈夫，對妻子的忠貞信心滿滿，於是他饒富趣味地看着她跟張恩樂無傷大雅地打情罵俏。他就是希望看到李芯，張恩樂互相喜歡，互相欣賞的情景。

差不多七時半了，唐智傑看看錶，「時間差不多了，李芯，我們去吃晚飯吧！」

突然間一陣的沉默，李芯彷彿若有所思。

「好吧！你們去吃飯吧！我也差不多要走了！」張恩樂說。

「為甚麼不和我們一起去吃飯呢？」說話的是李芯。

「不了！我去會很礙事的。」張恩樂想「逃」，因為他擔心多留一會兒都隨時會讓唐智傑發現些甚麼，但他望向唐智傑，卻發現他的表情陰晴不定地盯着他。

「噢！沒關係的！」李芯堅持，「叫他一起來吧！唐智傑。他一點都不礙事，對不對？」

唐智傑對李芯的堅持很詫異，他不明白她為甚麼那麼堅持，而且自重遇之後，她一直對他都是很順從的。

唐智傑靜默了幾秒，大家的氣氛有點僵，唐智傑不情願地說：「他願意的話，就一起來吧！」

張恩樂知道唐智傑生氣了，兩人從小認識，唐智傑從來未試過發他脾氣，但為了李芯叫他一起去吃個晚飯，只為了這麼無關痛癢的小事，他卻生他的氣！

張恩樂覺得自尊心受傷了，他對唐智傑的反應很生氣，雖然明明是自己理虧了，但他對唐智傑那種防衛式的態度很討厭，他衝口而出：「那好！我去一下洗手間，然後一起去吃飯。」

他一離開，唐智傑就憤怒地轉向李芯。

「到底為甚麼非要他跟我們一起吃飯不可？」

「我忍不住嘛。既然他也沒事，為甚麼不可以一起吃飯？」

「你胡說八道！為甚麼你一定要問他有沒有事？」

李芯抿一抿嘴唇。

「你不是希望我們多一點時間在一起的嗎？有時候我也需要一點小樂趣，老是跟你在一起實在很膩。」

唐智傑心裏痛了一下，這個太刺痛他了。

他們去了附近一家意大利餐廳，唐智傑生着悶氣，一句話都不說，但他好快意識到，和張恩樂一比，他這種表現會讓自己處於下風，於是他硬是把自己的不痛快克制下來。他喝了不少酒，想借酒精麻醉一下心裏折磨人的痛楚，還盡量逼自己說話。李芯好像也對剛才自己衝口而出的話有點後悔，也想盡一切方法要讓他開心。她又變回之前的溫順，沒多久唐智傑就覺得自己任由嫉妒心擺佈是很愚蠢的，因為前面的都是他最愛的人。

晚飯後，唐智傑叫了一部車，先送張恩樂回家，再送李芯，李芯就坐在兩個男人中間，她主動把手伸出來讓唐智傑握着，這一瞬間，他所有的怒氣都煙消雲散。但不知道為甚麼，他突然意識到張恩樂也可能是握着李芯的另一隻手，擺脫不了的懷疑與妒忌一湧而上，劇烈的痛楚再次襲來，是真真切切，連身體都能感覺到的痛。他驚慌失措地問了一個也許之前就問過自己的問題：李芯和張恩樂會不會愛上了對方？這個問題，曾經在聖彼得讀書時他已經問過自己，也試探過張恩樂好多次，但當時張恩樂是很明確的對李芯沒興趣的。為甚麼……為甚麼……他今天突然感覺他們兩人好似……好似互生情素？

眼前彷彿漂浮着一團懷疑、憤怒、驚愕和悲哀的迷霧，他完全看不見台上演了甚麼，他害怕了，但他還是逼自己裝得若無其事，繼續談笑風生。

唐智傑突然有個自我折磨的奇怪的想法，他說時間還早，建議大家再去喝一杯。李芯贊成，但張恩樂明顯並不想繼續，本來他就不應該因為一時之氣跑來吃晚飯，他推說太累了要回家去，但他看到唐智傑陰晴不定的眼神，他知道他是在懷疑了，如果他堅持不去，他早晚也會再找上門，於是張恩樂答應了。

到了酒吧，唐智傑站起來，說要去看看有甚麼東西喝，他要讓李芯和張恩樂獨處一會兒。

「我也去，」張恩樂說，「我也很口渴。」

「別胡說，你留下來陪一陪李芯。」

唐智傑也不知道自己為甚麼要這麼說，他把他們推到一塊兒，為自己製造更難以承受的痛苦，他沒離開酒吧，他只是去了一個暗角位，他可以從那兒看見他們而不被發現。他們兩人繼續聊天，李芯看着張恩樂的眼神非常溫柔，很多時候她只是微笑地凝視着張恩樂，張恩樂的眼睛起初是在尋找唐智傑的，但一會兒之後，他也專注在李芯身上，他和平常一樣滔滔不絕，李芯很安靜地聽着，而且是全神貫注。

唐智傑覺得頭痛欲裂，他動也不動地站着，他知道如果他回去，會礙他們的事。沒有他在，他們都很愉快，而他的心卻好痛，痛得快受不了。時間一分一秒地過去，他們似乎沒在意他有沒有回去，他想起他一次又一次在李芯面前讚揚張恩樂，又在張恩樂面前毫無保留地表達他對李芯的欣賞，他們卻把他當成了傻子！受辱的感覺讓他全身發燙，他看得出來，沒有他在，他們是多麼的自在快樂。他本能地想離開，但他又不甘心，他等了這麼多年才等到她回來，為了她，他可以連馬亨的千金都放棄，也因為如此，他跟馬亨的關係變得很差，整個醫療界都知道馬亨對唐智傑下了封殺令，他本來是醫療界的新星，眾人羨慕，但他心甘情願為她放棄了那麼多……她卻勾三搭四，還要是他的好朋友！這個女人竟然如此沒良心！

他還是回去了，他覺得李芯看見他的時，眼神中彷彿出現了一股惱怒彷彿在問

「你回來幹嘛」，他的心整個沉了下去。

「你去了好久啊！」張恩樂說。

「我碰上了幾個朋友，跟他們聊了一會，我想你們兩個人一起應該是沒問題的。」

「我是愉快的，」張恩樂說，「李芯我就不知道了。」

李芯發出一小陣滿足的笑聲，那笑聲之鄙俗，讓唐智傑毛骨悚然，他提議他們應該走了。

唐智傑建議他跟張恩樂一起先送李芯回去，李芯沒有再主動握着他的手，唐智傑的心沉到了大海，他也不笨，這一晚看到的，雖說沒甚麼，但直覺地告訴他，李芯和張恩樂之間一定是發生了感情，一路上他都在想，這個太可恥了！太下流了！你們怎麼可以這樣對我？他不斷在想他們是不是背着他訂下了甚麼幽會計劃。他詛咒自己不該讓他們獨處。

送走了李芯，唐智傑再忍不住了，「你是不是愛上了李芯？」他突然問。

張恩樂早知他會行這一步，他氣定神閒，「我？」然後哈哈大笑，「這就是你一整晚都陰陽怪氣的原因？當然沒有，我沒有。」

張恩樂決心甚麼都不會招認的，他也從來沒想過事情會發展成這樣，即使他嫉妒唐智傑，卻沒想過要傷害唐智傑，他也真是愛這位兄弟的，所以他告訴自己無論如何，甚麼都不可以招認。因為如果讓唐智傑知道他跟李芯之間的事，他一定受不了，他一定會發瘋的。所以為誰都好，他跟李芯的一切，他絕對不可能，也不會跟唐智傑坦白。

唐智傑聲音嘶啞，他忍不住嗚咽起來，他覺得自己丟臉到極。

「阿傑，你知道的，我是絕對不會做出任何傷害你的事，」張恩樂認真地說，他是真心的，他已經決心要跟李芯一刀兩斷，「我不會做這種事，我只是在胡鬧而已，你知道我一向是這樣的。要是我知道你那麼在意，我今晚就不來，我以後會小心一點的。」

「真的嗎？」唐智傑可憐地問。

「我對她一點意思都沒有，我保證。」

唐智傑鬆了一口氣。

過了兩天，唐智傑的心情已經平復了。他很擔心李芯一直跟他一起會覺得無聊，所以他決定盡量要等到晚飯後才去酒吧找她，他認為如果可以「少見」一點，她就不會再說跟他見面「很膩」。

那天他接她放工時，她已經準備好了，她罕見的守時倒招來他一陣笑聲。李芯穿了新衣服，是他送的，他稱讚這件衣服讓她穿起來顯得更時髦。

「還得送回去改，」她說，「裙襬有點太長。」

「你想不想……穿着這裙跟我一起去一次巴黎旅行？」

李芯的眼睛發光，「你帶我去巴黎？你不是在騙我吧？真的去巴黎？我做夢都想去！」

她非常雀躍，又叫又跳，開心得像一個小女孩一樣。

唐智傑對李芯的反應很滿意。

「如果你願意和我去巴黎，那我們下星期就出發好嗎？」

「下星期？」李芯想起她在酒吧的工作，「老闆一定不會讓我離開那麼久……」

她有點猶豫。

唐智傑曾經游說李芯辭了酒吧的工作，表面上他不希望她在這些地方拋頭露面，事實上他是有企圖的，他知道李芯的工作能力不高，如果她辭了酒吧的工作，她就只能依賴他了，而他就可以把她留在身邊，如果張恩樂要找她就更不容易了。

「那不如辭掉它吧！你索性也休息一下。生活方面你是不用擔心的。」

李芯沉默了一下，「那就隨你意思吧！」

唐智傑對李芯的順從感到很高興。

接下來的日子，唐智傑知道她會一直跟他一起，起碼在巴黎的兩星期，他們就已經可以朝夕相對，他看着她，眼中充滿飢渴的愛意，對自己這種愛意，他自己都覺得好笑。

「我真的不知道自己喜歡你甚麼。」他笑着說。

「你可真說出好話來了！」李芯打了唐智傑一下，假裝生氣了。

李芯太瘦了，在聖彼得讀書時，她已經好瘦，現在的她更瘦，瘦得幾乎見骨，胸部平得像個男孩，嘴唇也太薄，李芯的皮膚很白，但白之餘又隱隱泛點青。如果老人家看見這樣的女人，一定嫌長相太單薄，不夠福氣，不夠旺夫。

「我們到了巴黎之後，我一定要讓你好好休息，要把你養肥，要你長肉，肥肥白白。」唐智傑憐惜地看着李芯。

「我才不要發胖。」她說。

她沒有提起張恩樂。

唐智傑跟李芯去了吃夜宵，吃飯時，唐智傑深信自己制得住她，便半帶怨氣地對李芯說，「那天看見你跟張恩樂一起時，人家不知道，還以為你們是情侶，你們毫不避忌地打情罵俏！」

「就跟他說我愛上了他吧！哈哈！」李芯大笑。

「但我很高興知道他並不愛你。」

「你怎麼知道？」李芯收起了笑容。

「我問過他了。」唐智傑死盯着李芯。

她遲疑了一下，看着唐智傑，眼睛突然發出了奇異的光芒。

她很討厭唐智傑這種「挑機」的口吻，她知道他很嫉妒，他在試探，在挑戰她，於是她做了一件令人匪夷所思的事——她把張恩樂之前發給他的短訊給唐智傑看。

這些全都是一些很親密的問候、情話，又說唐智傑是一個很好很好的人，他為自己的行為感到羞恥，他被她迷住……

唐智傑看着這些短訊，心臟狂跳得想嘔，臉色轉白，但是他不動聲色地讀完。他把手機還給李芯，臉上還帶着微笑。

「原來你們已經來往了一段時間……那你快樂嗎？」

「快樂。我很快樂。」她加重了語氣。

他自覺雙手已經不停地在發抖，於是便把手收到桌子下去。

「你不能對張恩樂太認真。你知道，他從來就是一個花花公子。」

「我也沒有辦法呀，」她裝作若無其事，「我自己也不知道自己怎麼了。」

「這樣對我來說不是很殘忍嗎？」唐智傑說。

「你的脾氣和嫉妒心也讓我受不了。」她很快看了他一眼，「你很冷靜。我以為你會大發雷霆。」

「不然你希望我怎麼做？要我把你的頭髮一根一根揪下來？」

李芯知道唐智傑確是生氣了。

「我知道你一定會生我的氣。」

「我沒有。我完全沒有。我早就知道會這樣發生的。是我太傻，才會讓你們兩人認識，還要死硬把你們拉在一起。我很清楚，他樣樣都比我強，他比我開朗，又帥又風趣，還會講你有興趣的話題……他從小都是風頭躉……一直以來都是……」

「你不要這樣說！」

「你想跟我吵架？」唐智傑溫柔地問。他盡力地克制自己。「抱歉，我只是想平靜地把事情説清楚，如果可以，我們都不想把事情弄得一團糟。我看得出來，你被張恩樂吸引住了，對我來說，這個並不是很令人詫異的事，但令我傷心的是，你們竟然瞞着我交往，他還口口聲聲跟我說他不喜歡你！你們是不是太卑鄙了？」

李芯看着唐智傑，她並不是希望跟唐智傑一刀兩斷的，但他的咄咄逼人的態度令她惱羞成怒，他如果不是這樣逼着她，她也不想跟他「攤牌」，她一直看着唐智傑，她看到他那副鄙視的神情，她憤怒了，她說：「如果你覺得你這樣說會令我不再愛他，又或者是不再跟他來往，那你就錯了。」

唐智傑沉默了一會兒，他不知道應該怎樣再跟她說下去，事情已經去到這個地步，他自己也陷在一團混亂的情感中，一時理不清思緒。

「為了一段明知不能長久的迷戀而犧牲一切是很不值得的。說到底，你也知道他愛任何一個女人都不會長過三個月，你對愛情又那麼冷淡……」

「那是你的想法！」

唐智傑吞了一啖口水，他忍耐着說，「你愛上了他，這個事情你也控制不了，我明白我也會盡力忍耐，」唐智傑用最卑微的態度，「自從再相遇之後，我們一直相處很好，我也沒有對你做過甚麼過分的事，對嗎？我也知道你不愛我，但你確實是喜歡我的，等我們到了巴黎，你就會忘掉張恩樂的。只要你下定決心忘記他，你一定會做得到。你可以為我做點甚麼嗎？」

她沒有回答，兩人繼續吃飯，沉默的氣氛讓人越來越難受，唐智傑想起第一次跟李芯約會，二人看完戲吃飯時，她也是這樣的沉默，他的心突然有一種刀割的痛苦，他開始找一些無關痛癢的話題，李芯心不在焉，但他裝沒注意到。她敷衍地和應着，也不主動開口。

「唐智傑，去巴黎的事還是讓我想想吧。」她終於開口說話。

「我早知道你是不想去的。但現在改變主意太晚了，我已經甚麼都安排好了。」

「你說過除非是我自己願意，否認你不會逼我的。我現在就是不想去！」

「我改變主意了！」唐智傑憤怒了，「我不想再讓別人耍我！你非去不可！」

「唐智傑，我很喜歡你，這種是朋友的喜歡，超過了這個限度我就受不了！我不是像情人那樣喜歡你！」

唐智傑的手不斷在發抖，他每個神經都為了這個女人而瘋狂，他愛她已經到了一個不能自制的地步，唐智傑在想，她究竟是不是故意說這些來傷害他，還是她真的對他毫無感覺？他已經習慣寬恕她的殘忍，總是想是因為她讀書太少，她太沒見識，太愚蠢，腦子不夠用，所以就算她傷害了他，她都不知道。

唐智傑很沉默，他久久說不出一句話來，過了很久，他才吐出一句無關痛癢的話來：「我在女人這方面實在是沒甚麼好運氣。」

他起身打算離開。

李芯卻哭了。

她瘦削的身體因為抽泣而顫抖着，唐智傑的心都要碎了，他走向她，伸出手把她摟在懷裏，自己也不明白自己在做甚麼。她沒有反抗，只是在悲傷中順從地接受他的撫慰。他在她耳邊輕聲地說着安慰她的話，但說了甚麼他自己也不清楚，他彎下腰不斷地親吻她。

「很傷心吧。」最後他說。

「我死了就好了，」她呻吟着，「真希望我馬上就死掉。」

過了一會李芯抽泣停了，她筋疲力盡的癱在椅子上，頭軟軟地靠着椅子，雙手無力地垂在身側，樣子有點古怪。

「我不知你愛他愛得那麼深。」唐智傑說。

他很清楚張恩樂的愛是怎麼一回事，他倆從小一起長大，十幾年的相處，沒有任何一個女人比他更了解張恩樂。

「我不想讓你難過，如果你不願意，就不需要跟我去巴黎了，」唐智傑深呼吸一口，「我們……分手吧。」

他不知道他哪裏來的勇氣說這句話，他以為李芯會一口答應，但想不到她搖頭。

「不！我會跟你去巴黎的。」

「如果你的心在他身上，這麼做又有甚麼好處呢？」

「是的。我的心都在他身上，他也跟我說過要分手，不能再見面，我知道我們不會長久的，就跟他一樣清楚……」

「他跟你說過要分手？」唐智傑腦海突然出現了一個自虐，近乎變態的想法。

「你為甚麼不跟他一起去巴黎？反正你已經辭掉了工作。」

「我和他?」李芯一臉迷惑,「我沒錢。」

聽到李芯的答案,唐智傑心抽搐了一下,她質疑他的建議不是因為這個會傷害他,而是「她沒有錢。」

「我給你。反正機票、酒店我都已經訂了又付了錢,你拿起行李已經可以走了。」

她坐直了身子,眼睛發亮,她完全搞不清唐智傑到底葫蘆裏賣甚麼藥,但他的眼睛似乎又不似是在玩弄她。唐智傑從來不是玩弄別人的人。

「也許這個是最好的方法,先完結了這件事,然後你再回來我的身邊。」

提出這樣的建議,簡直就是瘋癲,唐智傑心裏痛苦得不得了,但他也不明白自己為甚麼會有這樣一個建議。

她睜大眼睛看着他。

這個是任何男人都不可能提出的建議。

「我們怎能做這種事?還用你的錢?張恩樂根本不會接受。」

李芯不能相信唐智傑竟然可以提出這樣的建議,她認為他肯定是愛她愛到發瘋了。

「他會答應的，你去説服他。」

因為她反對，他反而更堅持，但他卻又真心的渴望她能斷然拒絕。

因為唐智傑的堅持，李芯最終答應了，她變了另一個人，她開始哈哈大笑，她認為這是她壓根兒的勝利，她認為唐智傑已經去到一個可以任由她擺佈，而且為了得到她的憐憫，而毫無自尊的地步。

李芯臨走前吻了唐智傑，「你真是一個大好人，我一定會跟他做個了斷，我以後一定會更愛更愛你！」

他微笑，心裏卻是多麼的痛苦。

唐智傑絕望地回到家，他早該知道她會這樣做，她從來就沒有愛過他，由聖彼得認識時開始，她就從來沒有愛過他，她只是把他當笨蛋，她沒有憐憫，沒有仁慈，也沒有良心。現在他唯一可以做的就是接受這場苦難，但這個痛苦又真是太可怕，很難忍受，要忍受，還不如死去算了！

於是他又想哪種自殺的方式最乾淨利落又不痛苦？唐智傑想過開煤氣，想過為自己打過量的麻醉針，跳樓又如何？但理智告訴他，他只有一條命，為了這樣一個女人就輕生又真是太瘋狂。他認為時間可以淡化不幸，只要他努力，他是可以忘記她的，終有一天他會忘記她的，只是時間問題。但要等多久？他已經等了很多年，但這個女人一回來，他就不能自制。他好辛苦爬起身，為自己倒了一大杯威士忌，他連續喝了幾杯，不知喝到甚麼時候，他終於完全失去知覺，倒在大廳中央，那股要他命一樣的痛楚也暫時舒緩了，他就這樣沉沉睡去。這晚他做夢，又回到聖彼得只有十七歲的時候，他一個人在游泳池裏游，隱隱約約看見一個女人的身影倒影在水中，夢中的他意識到這個女人就是李芯，他一躍而起，看到的真是李芯，她冷冰冰的看着他，他跳上岸想捉實她，可是李芯像鬼魂一樣消失於黑暗之中，四周都是漆黑一片，他不斷叫她的名字，就是找不到。

他從夢中驚醒，已經是第二天中午時分。

他很害怕。

戀愛原來並不是那麼愉快的事。

最終章

李芯興奮地把唐智傑提出的條件告訴張恩樂，她以為沒有了唐智傑這個障礙，她就可以名正言順地跟張恩樂交往，誰知張恩樂知道李芯做的一切時，他氣到差點瘋了。

「你這個女人是不是瘋子？你怎可以把我們之間的短訊都給他看？」張恩樂的臉一陣紅一陣青，他交往過無數女人，但如此不理後果，如此任性妄為的，恐怕只有李芯一人。

「怎麼了？這樣不是更好嗎？以後不用再顧忌……」

張恩樂太憤怒，又或者說，他感覺羞恥，畢竟是好朋友深愛的女人，他打斷李芯的說話，「你走！我以後不要再見你！你這個瘋子！我不要跟瘋子一起！」

「你趕我走？」李芯哭了，「張恩樂！你怎可以這樣對我！我做錯了甚麼？我這麼愛你……」

李芯坐在地上哭，越哭越大聲，張恩樂一言不發坐在沙發上，他沒想過會搞成這樣，自從三人約會的那個晚上，他知道他和李芯的事也瞞不了唐智傑多少時間，遲早他都會知。他曾經想過好多次丟掉李芯，但也許是捨不得，也許是報復心理，他從小都比唐智傑強，但一下子所有人的目光都只集中在唐智傑身上，他變得可有可無，但現在唐智傑最愛的女人卻愛上了他……

他曾經問自己是愛上了李芯嗎？他自己也不清楚，他交往過無數的女人，如果是別的女人做了今天他認為是罪大惡極的事，他肯定會跟她分手，別無轉圜的餘地，但今天是李芯，他即使一怒之下要趕她走，但看見她瘦弱的身子哭到蜷成一團，不斷喘氣時，他又覺得不忍心。

「算了，不要再哭了。」張恩樂走向李芯，把她擁入懷中。

李芯合上眼，把頭枕在張恩樂胸膛上，「你真的要趕我走嗎？」她又哭了。

「不！」張恩樂嘆了口氣，「剛才……對不起。」

一個是從小認識的好朋友，一個是喜歡的女人，他一直希望兩者都可以擁有，但最後他還是逃不了兩選一的命運。

他再嘆一口氣。

「那我們去不去巴黎？唐智傑說他不會去，他讓我們去……」

「你不要再說了！我怎可能用他的錢跟他的女人去巴黎？」張恩樂推開了李芯，「他這個提議……根本就是侮辱！」張恩樂自言自語，「他從小就有這個侮辱人的本領……」

李芯坐在地上，她頭腦簡單，從來沒想過唐智傑這個提議是在侮辱他們。她從後抱着張恩樂的腰，「對不起，我惹你生氣了！我們就不去吧了！」她抱着張恩樂，吻他的胸膛，張恩樂不由自主地回應着，李芯是很會纏人，即使是張恩樂這個情場老手，也無法拒絕她。

唐智傑一覺睡醒已經是中午時分，他本來早上九時要回醫院為一個病人做手術，但是他又遲到了。這大半年以來，唐智傑的遲到早退，神不守舍已經引起很多同事和病人不滿，但是因為他是馬亨的未來女婿，看在馬亨份上，大家都敢怒而不敢言，後來唐智傑和寶兒分手了，馬亨也不只一次，有意無意地表示跟唐智傑劃清界線，很多以前眼紅唐智傑的人，趁這個千載難逢的機會，在唐智傑身上踩一腳，失去了靠山，唐智傑的地位已經岌岌可危，最可惜是他自己不爭氣，他越來越變本加厲，不單是遲到早退，這次甚至連要做手術的時間都忘記，醫院不得不告誡唐智傑，他在醫學界的聲名已經很狼藉，再不守規矩，他恐怕很難再在醫療界立足。

堅持了這麼久，終於得到了眾人羨慕的成就，但卻被自己一手毀滅，可是唐智傑心神都不在這裏，他滿腦子都是李芯，他苦澀地想起昨晚的事，他的心根本痛得無法跳動，他也終於明白李芯是不愛他，但他卻企圖逼使李芯愛他，他用盡方法希望把她留在身邊，但這個目標已經永遠達不到了。他一直對李芯都是那麼體貼、溫柔、癡心，為了她，他可以不惜放棄一切，但她就是不愛他。他一直想，他跟李芯之間到底缺少了點甚麼？可以使其中一個人成為奴隸的到底是甚麼？……是性嗎？性本能是不可抗拒的，理智難以抵擋，友誼、恩情和利益和它一比，都立時變得軟弱無力。他勾不起李芯的性趣，所以不管他對她做甚麼，即使連性命都可以給她，她對他總是無動於衷。從他們在中學時代認識，他都以為李芯是一個冷淡的女人，李芯對他一時冷一時熱，但一提起張恩樂，她的雙眼就會發光，她甚至彷彿被一種無法控制的慾望迷住一樣，她甘冒一切風險只為求得到滿足，她彷彿變了另一個人，看起來完全不像她。

他一直以為冷淡是李芯的本性，直到昨晚他才知道，原來她只是對他冷淡，對張恩樂卻完全不同。他很想搞清楚到底張恩樂對李芯有甚麼吸引力？張恩樂很會開俗氣輕浮的玩笑，能挑動她簡單的幽默感，他也有一種粗野的天性，但也許是這種露骨的性感抓住了她。

他越想，他的心越痛，他抽煙越來越兇，過去所有人都稱讚他是有主見，是深謀遠慮又冷靜的人，他現在卻覺得自己好可笑，外人之所以覺得這樣，只不過是他有一張不太表露情感的面孔和他的遲緩的行動方式，所以他們覺得他很理智，稱讚他知識豐富，但他卻知道，他平靜的外表只是一張假面具，就好似昆蟲的保護色一樣。人人誇獎他能知生死，但沒有人知道，這個特異功能是屬於那個死神的，他用了自己的愛情交換，他才可以借用這個特異功能，換取榮華富貴，如果沒有那個死神，他根本甚麼都不是。

他也很訝異自己的能力和意志力原來都是如此脆弱，如此不堪一擊！感情衝擊完全令他生不如死，就像風中的一片葉子，在感情的風暴中完全無力抵抗。「我根本就甚麼都不成！甚麼都不是！我一直都是一無所有！」唐智傑徹底的崩潰了。

他一個人把自己鎖在屋裏，他想着李芯應該告訴了張恩樂他的提議了，他們會是甚麼反應？高興若狂？他們一直把他當成傻子，枉他把張恩樂當成最好的朋友，把所有感情都毫無保留地告訴他，但他竟然背着他，跟他最愛的女人鬼混。他恨透了張恩樂，他想起魔鬼曾經要他用張恩樂來交換，只要他願意，他的悲慘人生可以跟張恩樂對調，讓他承受所有的痛苦，但他拒絕了！他不能為了自己而犧牲張恩樂，可是張恩樂卻……他恨不得可以把張恩樂煎皮拆骨，他可以接受李芯不愛他，但卻原諒不了張恩樂的背叛！

「我要殺死你！殺死你！」唐智傑痛苦地呻吟着。

他倒了一杯又一杯的威士忌，酒精把他的痛楚暫時舒緩，明知不可能，但他仍然很希望門鈴會響，是李芯來找他，她向他道歉，求他原諒，但是等了一整天，太陽都已經下山了，屋內只有死寂一片，只有他一個人，門鈴沒有響，手提電話也沒有響。

他一人無力的躺在大廳中間，他想起了寶兒，李芯離開他時，他第一個想起的就是寶兒，他苦澀的對自己說，如果是寶兒，是絕對不會做出這樣絕情和無恥的事。他衝動想去找她，但又覺得好羞恥，她一直對他那麼好，而他卻對她憎惡到頂。他想起過去的種種，他想起自從大學認識以來，她對他都是無微不至，她對他的健康、事業憂心，只要和他相關的事，她樣樣都感興趣……他們過去在這屋裏也度過不少快樂的時光，他們星期日會去逛畫廊，會一起去看電影，談文學……寶兒永遠以一種仁慈永恆的愛對他，事事以他為中心，他們之間除了男女之間的情慾之外，她對他還有無私的愛情，他一直都明白這種愛有多珍貴，為了這份愛，他本來就應該衷心感謝天上諸神才是……可是他卻一手把她推去懸崖。

「自作孽！我是自作孽！」唐智傑一邊哭一邊喝酒，他的思想和意識都非常混亂，他決定要去求寶兒原諒他，因為李芯，他才明白自己傷害寶兒有多深，但他覺得寶兒會原諒他的，她向來就是一個不記仇的好女人，但他應該如何出現在她面前？他應該是在她工作的藝術學校放學時突然出現在她面前，然後跪下來，請求她原諒他，然後跟她說，只要她原諒他，他們馬上結婚，他之前的所有毛病都已經改好了，他不會再變心，他不會再傷害她，只要她願意，他會一生一世守在她身邊，到今天他終於明白誰人對他才是最重要的。

他又想，他們可以一起逛公園，可以去老闆娘的大牌檔吃小炒，她還會像以前一樣接他收工，然後一起慢慢走回家。是的是的！一切都是那麼美好。一切都可以從頭再來。到那時候，他受過的所有折磨都會成為過去，在他心裏完全清去，就好像噩夢一樣，會煙消雲散的。

一切都會煙消雲散的……

他不知不覺，迷迷糊糊的睡着了。

夢境裏，他又回到聖彼得，他一個人在英式的古老學園行着，他看見前面有一群小孩圍着一個人，他好奇的跑過去看，原來是林岳峰、張恩樂，還有歐伯仲……這些面孔已經很久不見了！他們怎麼還是十七歲時的模樣？他們圍着在打一個人，唐智傑用力推開他們……他看見一個男孩滿面鮮血，昏迷伏在地上，他立即抱起他，看到他的臉龐，他大嚇一跳……

怎麼……

是……

是……他自己？

一覺醒來，唐智傑嚇到汗流浹背。

他最近經常做噩夢，次數越來越密，而且一次比一次恐怖，他起床沖涼洗臉，因為喝酒太多，他的頭還是有點痛，但他還記得他昨晚想好了要去找寶兒，「一定要去找她，」他告訴自己，「要親自跟她道歉。」

梳洗好後，唐智傑直奔寶兒在九龍塘的藝術學校，學校是落地玻璃，他看見裏面有很多孩子，寶兒就站在孩子中間，她仍然是那樣的天真善良，仍然是像太陽一樣的美好，看見寶兒的一刻，他心臟猛跳，他不自覺的退後幾步，之前的勇氣不見了，他害怕寶兒看見他，他自言自語：「她會原諒我嗎？」他深呼吸一下，做好了心理準備，不管寶兒願不願意見他，他也一定要向她親自道歉。

他走進了學校，向前枱的職員問：「請問馬寶兒小姐在嗎？請告訴她，我是唐智傑。」

枱前的職員認得他，早前在不少八卦雜誌見過他和馬寶兒的合照，也知道他們幾個月前已經分手了。

職員跑上樓，不一會兒又咚咚咚地跑下來。

「唐先生，請你上去。在二樓第一個房間。」

「我知道了，謝謝。」唐智傑說，臉上帶着微笑。

他心緒不寧地上了樓，敲了一下門。

「請進。」裏面那熟悉快活的聲音說。

這聲音彷彿召喚他走入了寧靜幸福的新生活，他進門的時候，寶兒上前來迎接，跟他握手，她的表現很自然，好像他們從來沒有分過手一樣。一位男士站起來。

「你們很久沒見了吧！阿傑，這是冼紀華。」

唐智傑發現房間內不只寶兒一個人時，他非常失望。

「唐智傑，好多年不見了！」說話的是冼紀華，他就是唐智傑剛出道在公立醫院工作時認識的那位「正義」師兄。

「紀華剛轉來了我們的醫院，他對兒童教育也很有興趣，所以我約了他來聊聊。」

唐智傑有點手足無措，因為這樣的情景他之前沒有想像到，他想也沒想過竟然會再碰見冼紀華，他倆已經很久沒聯絡了，但寶兒是叫他「紀華」，而他看冼紀華坐在椅子上一派自在，看來他們之間相當熟落。

「紀華也有提起你，我們也在想你最近怎樣。」寶兒輕快地說。

唐智傑看不出她臉上有一絲尷尬，對他來說極之棘手的場面，她卻能夠應付得那麼好，那麼自然，好像她早已把他從她的心拔去一樣。他佩服她，但同時他的心也好像被抽打了一下。

「你喝咖啡嗎？」寶兒問。

唐智傑點點頭。

寶兒為他倒咖啡，就在她準備放糖時，他制止了她。

「噢！對不起！」她叫了出來，「我完全忘了你不放糖的。」

他不能相信她的話，他喝咖啡從不下糖這個習慣她應該記得一清二楚，她怎可能忘記？

他努力在寶兒和冼紀華面前扮成若無其事的，但寶兒剛才的一句話令他情緒開始動搖，但是他仍然努力不讓他們看出他失望的樣子。

他覺得，寶兒和冼紀華應該是有事情談的，但既然來了，這樣走了，他恐怕以後不會再有勇氣再來一次，於是他下了決心，冼紀華不走他也不走，因為他有話要跟寶兒單獨說。

終於捱了一個多小時，冼紀華起身先走了，「阿傑，好高興跟你再見面，我們醫院再見，以後還有很多合作機會。」

冼紀華拍拍唐智傑的肩膀，他曾經非常喜歡這位師兄的，但今天他覺得他非常非常的討厭，他明顯是在他面前刻意地表現出他跟寶兒非常熟落。唐智傑覺得好噁心。

「我還以為他不走了呢！」唐智傑說。

寶兒對唐智傑的反應有點錯愕，但她很快又回復微笑，「很高興你留下來，我很想跟你聊聊。」

聽到寶兒這樣說，唐智傑高興了，「可以再來這個房間……我真的沒想到。」唐智傑說。

「你隨時都可以來。」

「我害怕。」

她用最溫柔的眼神看着他，依然在微笑。

「你不需要害怕的。」

他遲疑了一下，不自覺的心跳加速。

「我們最後一次見面時，我這樣對你，簡直可惡到頂，我真是很內疚。」

她直直地看着他，甚麼也沒有說，他慌了，他意識到自己是多麼的可恥和荒謬！

唐智傑，你當初是怎樣對她的？現在竟然想要求跟她和好如初？

「你可以原諒我嗎？」

接着，他衝動地把李芯如何跟張恩樂搭上，他們如何背叛他欺騙他，丟掉他，一五一十告訴了寶兒，還有他的愚蠢和後悔，還有還有最重要的……他想念她。他的聲音激動得嘶啞，因為太羞愧，他都沒看寶兒，他的臉很多時候都看着地下，最後他說完了，筋疲力盡地靠在沙發，他等候她回應，但是寶兒一句話都沒說。

他忍不住望向她，她沒看他，她的臉色蒼白，彷彿若有所思。

她仍然沒說話。

唐智傑忍不住走向寶兒，她一個人怔怔地站着，眼紅了，唐智傑伸手想捉住她，但她推開了。

「我以為你過得好好，」她終於說話了，「對你的遭遇，我很難過，也很……遺憾。」

唐智傑的心冷了一半，這些說話很見外，過去寶兒從來不是這樣跟他說話的。

「我跟紀華訂了婚。」

唐智傑簡直晴天霹靂，他沒想過寶兒可以這樣輕易就放下他。

「你為甚麼不馬上告訴我。」唐智傑面如死灰，「你不需要我在你面前這樣來羞辱自己。」

「我不知道你會跟我說這些……也不知如何打斷你……跟你分開之後，我難過了很久，直到遇上紀華，他對我很好很溫柔，因為他，我才可以走出陰霾……」寶兒看着唐智傑，「對不起，阿傑。」

他好一陣子說不出話來。

最後他走向寶兒，「我祝你永遠幸福快樂。」

他轉身要走，寶兒問：「你會再來看我嗎？」

唐智傑轉身看着寶兒，「不會了。看到你幸福，我會嫉妒。」

他下了樓，走進人來人往的大街，消失在人群之中。

這是他倆最後一次見面。

心是用來碎的。

世界輪流轉，這回輪到唐智傑了。

他慢慢發覺，死神要他用愛情來換取事業成就其實不是一個最差的選擇，如果他遵守對死神的諾言，他就不會有今天的痛苦。

都說，戀愛其實並不是那麼愉快的事。

接下來的一星期，唐智傑病倒了，睡眠不夠，天天喝酒，抽煙抽得極兇，唐智傑終於病倒了，他已經十幾天沒看見李芯了，他想她應該和張恩樂去巴黎了，他時時反覆在想跟李芯相處的每一個細節，他好靜，李芯卻是喜歡喧鬧；他喜歡的東西都勾不起李芯的興趣；相反張恩樂跟她各方面的興趣都好接近，大家都喜歡喝酒蒲酒吧，喜歡無聊玩笑，他一早就知道她跟其他人一起，比跟他在一起更愉快。他也不明白自己為甚麼死心塌地愛着李芯，他從來沒有告訴她，他自從聖彼得遇上她以來，他每一個行為，每一個思想都和她息息相關，有她在身邊時，他覺得無比快樂，一旦她離開，世界彷彿立即陷入了冰冷，也沒有色彩。因為曾經失去她，所以再相遇之後，他是何等熱切地盼望着她，有時候這種熱切的期盼會令他好痛苦，令他好害怕，令他變得好虛弱，好像一個久病的病人又或者是餓了很久的人一樣軟弱無力，過去生死一線都可以運籌帷幄的唐智傑消失了，他變成了不堪一擊的奴隸。

但對李芯來說，這些熱切的愛情卻是「你的脾氣和嫉妒心我已經受夠了！」

唐智傑苦笑，他身上無比的痛苦又是來自誰呢？

日子一天一天過去，唐智傑心裏的痛苦沒有減輕半點，但醫院他已經不能再請假了，他帶着沒靈魂的身體回去。

這一天掛了三號風球，天文台說在午夜可能要改掛八號風球。

天氣明顯的越來越差，雨不算大，但雷聲卻越來越大，這種雷聲叫人有點心寒，彷彿預兆會有甚麼發生似的。

唐智傑差不多下班了，他到停車場拿車時，突然收到醫院的急 call。

又是嚴重交通意外。

病人肝臟爆裂，要緊急做手術。

這種雨量不大的天氣是特別容易出意外，因為路面特別滑，一個不留神，很容易造成意外。

他馬上回醫院，這個時候已經差不多晚上十一時多了，他一回來，已經有護士叫住他：「Dr Dong！你回來就好了！剛剛送來了幾個車禍的傷者，三女二男，其中一人危殆，要馬上動手術。」

唐智傑第一時間跑去看那個危殆的傷者，他一邊穿醫生袍，一邊跑向急症室時，護士長陳姑娘跟在他身邊向他報告病人的資料，「男性，二十八歲，右邊肝臟爆裂，現在大量出血，而且胸口撞傷引起急性心肌梗塞……病人的名字……名字叫張恩樂。」

張……恩……樂！唐智傑怔住了！

他不敢相信自己的耳朵，他一手把在陳姑娘手上的病人資料搶來，真的是「張恩樂」！

血色從他的臉上退去，他覺得眼前黑了一下，陳姑娘立即扶着他，「你沒事吧！

Dr Dong？」

他定一定神，一口氣跑到了急症室，一手拉開布簾，躺在床上滿身鮮血，奄奄一息的確是張恩樂！

唐智傑看着躺在床上的張恩樂，內心竟然一陣喜悅：竟然是你！竟然是你！上天有眼！是報應！

陳姑娘在唐智傑身邊，她對唐智傑只是目不轉睛地看着床上病人，而不是為病人檢查的反應覺得好不尋常，「Dr Dong！Dr Dong！是不是要馬上動手術？」

唐智傑不語。他腦海閃過了一個念頭：讓他死去吧！

只有他死了，李芯才會回來他的身邊。

「今晚意外的傷者資料，都拿給我看。」

陳姑娘對唐智傑這個指示覺得莫名其妙，為甚麼唐醫生不是決定做不做手術，而是看其他傷者的資料？

她雖然懷疑，但仍然把資料拿給唐智傑。

唐智傑回到自己的辦公室，他冷靜地等待陳姑娘給他其他傷者的資料，他一邊等一邊想：李芯會不會是傷者之一？如果是，就說明他們是在一起！

……他們在一起！

他們是一起的！

想到這裏，他的怒火中燒，嫉妒心動了他的殺機。

「Dr Dong，這個是今晚車禍所有傷者的資料……」陳姑娘說。

「意外在哪裏發生的？」

「好似說在機場隧道附近，兩車相撞，傷者跟一個女人一起……」

陳姑娘未說完，但是她不敢說下去，她看見唐智傑雙眼通紅，他瘋狂地揭那些紙張，彷彿要在那些病人資料上找些甚麼似的，最後他停了。

因為他看到了她的名字。

是李芯。

他們確是在一起。

他們應該是剛從巴黎夜機回來，在機場跑道出了車禍。

「Dr Dong！你沒事吧？」陳姑娘擔心起來。

唐智傑示意陳姑娘出去，她沒辦法，雖然不滿，她還是出去了。

他知道，張恩樂的生死就在他手裏。

而且……就在這瞬間。

他狡獰的笑了。

「不要怪我！是你負我在先。」唐智傑離開他的房間。

他走向其他傷者的病房，他看見了李芯，她受了輕傷，因為麻醉藥的關係，她昏睡了。唐智傑在她的床頭仔細地看病歷表，經驗告訴他，這場車禍應該是兩車迎頭相撞，以她和張恩樂的傷勢看來，應該是在千鈞一髮間，張恩樂用力向左邊扭軚，所以坐在他左邊的李芯只是輕傷，而他自己卻右邊肝臟嚴重爆裂。

但……

但他討厭自己這個判斷！

「張恩樂不可能對女人真心！他從來未認真過！他從聖彼得時候就是一個浪子，每個女人跟他都不可能長過半年！不可能！」

他衝出了李芯的房間。

他像受傷了的野獸，他剛才看見張恩樂躺在床上的時候，已下了決心；但他看完了李芯的病歷之後，他又陷入了痛苦。

「李芯跟張恩樂都是庸俗到不堪的人！他們是同類人，一樣無恥，一樣無情，一樣無義，他們怎可能知道愛情是甚麼？他們都只尋求剎那間的性歡愉……他不會為她這樣做的！」

張恩樂還是奄奄一息地躺着，唐智傑怔怔地看着他，內心不斷在鬥爭，後面傳來了一把熟悉的聲音。

「你救不了他的。」

唐智傑轉頭，是死神。

他來了。

他出現，張恩樂神仙難救。

「他過不了今晚。」死神看着眼前垂死的張恩樂，冷冷地說。

他對每個人都一樣，沒半點憐憫。

他然後轉個頭看着唐智傑，目不轉睛的盯着他，盯了很久，唐智傑被他看得有點害怕，死神沒說話，一拐一拐的行出了張恩樂的房間，消失在長廊之中。

「Dr Dong！病人的心臟也快不成了，要馬上動手術……」病房的醫護人士在叫。

「馬上動手術！」唐智傑指示。

張恩樂的手術，他決定由他自己親自操刀。

張恩樂被推入手術室，死神已經告訴了他，張恩樂是必死無疑的，這個手術做不做，結果也是一樣。眼前的這個男人，帶給了他無限的痛苦，他出賣他，背叛了他，搶走他最愛的女人，令他一敗塗地，他決定把他致之死地。

「不要怪我！一切都是你自作孽！」

「是死神要你的命！不是我！」

在他決定動手的這一刻……

就在這一刻……

過去的一幕一幕卻回來了……。

……「校長，華特先生，我認為唐智傑是適合的人選，我相信我們是需要他的腦袋的！」

……「是誰把你打得這樣傷？是誰？你告訴我！你告訴我！」

……「我還是不認命的！雖然我做不了醫生，但是將來我一定是地產大王！你看！中上環是香港的中心，現在我幫人打工，將來一定會是他們幫我打工……這些地方都……都會……是我的！」

……「我對她一點意思都沒有，我保證。」

那把青澀的聲音，和那張熱切真誠的面孔……從小就深深印在他心裏，當所有人都不理他的時候，只有他一直陪在他身邊，陪他度過了最困惑的歲月。

……「有生之年，絕不辜負這個人！」

這句話，很熟……

曾經有人說過這樣的話。

「Dr Dong，病人的心臟負荷不成了……」

唐智傑下了決心。

他做了決定。

這個手術一做就做了幾個小時，幾個專科醫生都回來加入了這個馬拉松式的手術接力，李芯也醒了，當她知道張恩樂危殆奄奄一息時，她就哭成淚人，不斷埋怨是她的錯，如果不是她死逼張恩樂去巴黎，他就不會出這次意外。

李芯一直在手術室外等。

一直等……

終於，手術燈熄了。

走出來的是馬亨。

李芯撲上去，「手術室的病人怎樣了？他怎樣了？」

「你是他的家屬嗎？」

「是！是！我是……我是……他的妻子。」李芯吞吞吐吐地說。

馬亨看着眼前的女人，面色蒼白，身形瘦弱，眼都已經哭到紅紅腫腫，他知道他是李芯，這是他第一次看見李芯，他仔細打量眼前這個女人，他不能相信唐智傑竟然為了她拋棄了寶兒。

「病人已經過了危險期了。」馬亨說，那個女人馬上鬆了一口氣，不斷自言自語「謝天謝地，謝天謝地……」

馬亨停下了腳步，轉過頭問李芯：「你認識唐智傑嗎？」

李芯不防馬亨這一問，眼神有點迷惑，她簡單回應了一句：「哎」，之後她全心全意在等着張恩樂被推出來。

馬亨看着李芯，他彷彿有話想說，但又說不出來。他看着李芯，她是一個無知的女人，他嘆口氣。

死神要的人，從來沒有一個可以逃得過鬼門關。

張恩樂卻竟然是例外。

張恩樂逃過了這一劫。

因為有人願意一命換一命。

世界上，沒有任何人會心甘情願為另一人去死。

但凡事也有例外。

在生死一刻，有人把心和肝都捐給了張恩樂。

是唐智傑。

幫他做手術的是馬亨。

唐智傑堅持一定要馬亨操刀。

他希望是馬亨幫他結束他這痛苦失敗的一生。

馬亨曾經很討厭唐智傑，因為他對寶兒太絕情，但如果說唐智傑是一個無情的人，又實在說不過去。到現在，他只覺得他很可憐，陪伴他走他最後一程也只剩下他。

「為甚麼要這樣做？」馬亨問唐智傑。

「我一直怪張恩樂，但到今天我才明白，原來沒有我在中間，他倆才是一對，或者不是張恩樂對不起我，是我才是阻礙他們的人……」

唐智傑要馬亨答應他，今晚的事，要為他保守秘密，這一輩子都不要告訴張恩樂和李芯。

「你是不是瘋了？你這樣做值得嗎？」

唐智傑看着躺在手術床上垂死的張恩樂，他苦笑：「沒有甚麼值得，不值得。如果今晚一定要有一個人死去，我希望活着的是張恩樂。把我的心換給他，讓我的心可以在他身體繼續跳動，繼續愛我想要愛的人。」

唐智傑結束了他的一生。

人生來去匆匆，只求無悔，無怨。

唐智傑走了。

曾經因為仇恨，他失去了良知，彷彿變成了另一個人。他改變了命運一次，傷害了林岳峰，但他自己又不見活得比他好多少，痛苦仍然一直纏繞着他。他本來想：「只要除掉張恩樂，他就可以永遠擁有李芯。」可是在最後關頭，心裏最深處的那個他，叫醒了他。

錯一次已經夠了。

生死一瞬間，他做了一個任何人都沒法想像的決定——他決定把命運再改一次，這次他要成全兩個他愛的人，把怨恨變成愛，在張恩樂身上延續下去。

後記

死亡就好似睡了一覺，一覺醒來，唐智傑躺在手術床上，四周都是冷冰冰的，他看看自己的身上有兩條好深好大的血痕，一條橫跨心臟，一條橫跨肚皮，但是這些傷口都已經不痛了，他從手術床上起來，他全身赤裸，他一個人走出手術室，四周都很黑很黑，前面有一點淡黃的燈光，他跟着光走過去，走了好一會兒，他看見了一個戴黑色斗篷的人站着。

「你終於來了。」是死神。

「對不起我騙了你，你在等的人不會來了。」

「我知道。」死神嘆了一口氣。「唐智傑，你想知道真相嗎？」

「甚麼真相？」

死神手一揮，他們前面出現了一個影像，是唐智傑被林岳峰他們打個半死的那個晚上，在那個影像裏他被林岳峰、歐伯仲等人狂打，林岳峰把書枱都推翻了，書枱上面的一隻玻璃杯被打爛了，四圍都是玻璃碎片，唐智傑被他們打倒在地上，左邊頭先落地，玻璃碎片不但割傷了他的臉，還割傷了他頸動脈……他流血不止……奄奄一息……在救護車送他到醫院前，他已經死了。

「怎麼可能？我明明只是割傷了臉！怎會……怎會？」唐智傑激動起來。

「唐智傑，你可以活到今天，是我給你的一個機會，」死神冷冷地說，「我想知道到底一個人的命運是不是可以改變？你本來在那個晚上，因為被割斷頸動脈失血過多已經死了，但是我讓你再活一次，要你用愛情交換，要你遠離李芯，那你就可以安然無恙；我安排車禍，讓你救回寶兒，讓她愛上你，讓你可以選擇另一個人生……可是……你仍然死心眼。」

「還有林岳峰……」這個名字彷彿有如一把劍，刺進唐智傑的心臟，他抽搐了一下，老頭繼續說，「本來他一早就該死，你要他活下來，你知道他活下來之後是怎樣生活嗎？」

死神手一揮，唐智傑看見非常潦倒的林岳峰，毀了容，又是啞巴，他根本生活不了，只靠做貨車司機和苦力，賺最微薄的生活費，他對生活充滿了恨，他的恨，不比唐智傑的少，就在李芯和張恩樂回港的那一晚，突然有一架貨車失控，撞到隔離線的私家車，造成嚴重車禍。

那架貨車的司機就是林岳峰，只因他喝了太多酒。

林岳峰當場死亡。

張恩樂重傷。

死神停了一下，「命運……確是改變不了的。後來發生的，不用我說，你都清楚了。」

唐智傑倒在地上，久久說不出話。

他沒想過他對林岳峰做的一切，最後會害了張恩樂和李芯。

不！是他自己。

是報應？是因果？是命運嗎？

死神讓他選擇跟不愛的人上天堂，但他偏偏要為了不愛他的人下地獄。

是命數，還是自己的選擇？

如果他不是報復林岳峰，張恩樂和李芯不會受傷，他自己也不會落得如此下場。

他笑了，淒涼的笑了。

那笑聲有如厲鬼在哭。

全書完

www.cosmosbooks.com.hk

書　名　死神教父
作　者　張寶華
責任編輯　王穎嫻
美術編輯　郭志民
出　版　天地圖書有限公司
香港皇后大道東109-115號
智群商業中心15字樓（總寫字樓）
電話：2528 3671　傳真：2865 2609
香港灣仔莊士敦道30號地庫／1樓（門市部）
電話：2865 0708　傳真：2861 1541
印　刷　亨泰印刷有限公司
柴灣利眾街27號德景工業大廈10字樓
電話：2896 3687　傳真：2558 1902
發　行　香港聯合書刊物流有限公司
香港新界大埔汀麗路36號中華商務印刷大廈3字樓
電話：2150 2100　傳真：2407 3062
出版日期　2019年2月／初版

（版權所有・翻印必究）
©COSMOS BOOKS LTD.2019
ISBN ： 978-988-8547-40-1